弘扬和培育伟大的民族精神

本书编写组　编写

中央文献出版社

目　录

一、民族精神是中华民族赖以
生存和发展的精神支撑

民族精神是一个民族在长期的共同生活和共同的社会实践基础上形成和发展的,为民族大多数成员所认同和接受的思想品格、价值取向和道德规范,是一个民族的心理特征、文化传统、思想情感等的综合反映。实践证明,一个国家、一个民族的生存发展和繁荣兴旺,必须要有民族精神做动力。越是艰难困苦,越是危急关头,越要发扬民族精神。

1. 民族精神是民族生命力、创造力和凝聚力的集中体现

党的十六大报告指出:"民族精神是一个民族赖以生存和发展的精神支撑。一个民族,没有振奋的精神和高尚的品格,不可能自立于世界民族之林。"一个民族、一个国家如果没有自己的精神支柱,就等于没有灵魂,就会失

去生命力创造力和凝聚力,依靠伟大的民族精神,中华民族在五千年的发展中,历经磨难而信念愈坚,饱尝艰辛而斗志更强,开发建设了祖国的大好河山,创造了灿烂的中华文明,为人类文明进步做出了不可磨灭的贡献。

(1)民族精神的科学内涵

在五千多年的历史长河中,中华民族优秀儿女在创造辉煌历史的进程中,不断培育积累和形成了以爱国主义为核心的团结统一、爱好和平、勤劳勇敢、自强不息的伟大民族精神。这种伟大的民族精神,既包括"天行健,君子以自强不息"、"富贵不能淫,贫贱不能移,威武不能屈"、"先天下之忧而忧,后天下之乐而乐"、"天下兴亡,匹夫有责"等民族优良传统;包括党领导人民在长期革命斗争和建设实践中形成的井冈山精神、长征精神、延安精神、西柏坡精神、大庆精神、红旗渠精神、"两弹一星"精神、雷锋精神;也包括在改革开放新时期形成的"64字创业精神"、伟大的抗洪精神等。伟大的民族精神是中华民族最为深厚的历史情感的结晶,是古往今来千千万万中国人奋发向上、百折不挠的精神支柱,是中华民族生生不息、薪火相传、不断发展壮大的精神动力。

爱国主义,是人们对自己生于斯长于斯的祖国的一种真挚热烈的爱,中华民族有着深厚的爱国主义传统,这是我国各族人民风雨同舟、自强不息的强大精神支柱。正是对祖国壮丽河山、悠久灿烂文化的挚爱,造就了中华民族勤劳勇敢的优良品格;正是对国家和民族整体利益的维护,造就了中华民族团结统一、爱好和平的固有天性;正是对祖国独立、民族富强、人民幸福的追求,造就了中华民族不怕艰险、奋发图强的献身精神。爱国主义过去是、现在是、将来永远是中华民族伟大民族精神的核心内容。无论是团结统一、爱好和平,还是勤劳勇敢、自强不息,所有对民族精神的归纳、表述、弘扬和培育,都只有以爱国主义为核心才能够理解和把握其内容与实质,离开了这一点,任何民族精神的概括,都会变得空洞、抽象、晦涩,不可能有任何现实内容。

　　团结统一,是中华民族的立身之本,它深深地印在中国人的民族意识中,成为维护祖国统一和民族团结的牢固纽带。团结统一就是要坚决维护各民族的团结和祖国的统一,同危害民族团结和祖国统一的行为做斗争;就是要反对狭隘的民族主义,各兄弟民族携手共进,共创中华民族的美好明天。中国自古以来就是一个多民族的国家,公元前 221 年秦始皇统一中国,建立起一个统一的多民族的中央集权国家。刘邦建立西汉王朝后,又大大巩固、发展这种统一,奠定了此后中国两千余年大一统的格局。虽然在魏晋南北朝和唐末也曾有过分裂,但统一一直是主流,人民反对分裂,渴望和向往统一。一旦发生分裂,各族人民和社会各方面的爱国力量就会为尽快结束这种不幸的局面而进行坚持不懈的斗争。汉景帝时,周亚夫率军平定了吴楚七国之乱;唐玄宗时,颜杲卿、张巡、郭子仪奋勇抗击安禄山、史思明的叛军,平定了安史之乱;清康熙帝率军亲征平息了三藩之乱。在维护民族团结方面,汉代的王昭君、唐代的文成公主等致力于民族友好,远嫁匈奴和吐蕃,为发展汉匈和汉藏人民之间的团结做出了巨大的贡献。

爱好和平,是中华民族的固有天性,自古以来中国人民就希望天下太平、同各国人民友好相处。爱好和平首先就是要反对战争、与人为善、睦邻友好、协和万邦。被称为世纪智者的罗素,在谈到中华民族的民族精神的独特性时曾这样说过:"到现在为止,我只找到一个答案。中华民族是世界上最耐心的民族,她用几个世纪的时间来思考别的国家花几十年思考的问题。它在本质上是不可摧毁的,而且能等得起。世界上的'文明'国家,可能会用他们的碉堡、毒气、炸弹、潜艇以及黑人军队在今后的百年内相互毁灭,而把世界这个大的舞台留给那些尽管贫穷而又软弱却由于坚持和平主义而得以生存的民族。假如中国能够免于被驱使进入战争,那么它的压迫者便最终会被自己拖垮,让中国人自由地追求人道的目标,以取代全部白人国家所热爱的战争、掠夺和破坏……如果世界上有'骄傲到不肯打仗'的民族,那么这个民族就是中国。中国人天生的态度就是宽容和友好,以礼待人并希望得到回报。假如中国人愿意的话,他们的国家将是最强大的国家。但他们希望的只是自由而不是支配。"20世纪初日本学者渡边秀方也指出,世界诸民族大概再没有中国人那样渴望和平的了,他们几千年的历史,毕竟是渴望和平的历史。他们很少对别的民族从事侵略的战争,他们的战争往往是出于对自己文明的维护。爱好和平就是要坚决反对外来侵略,挺身而出保卫祖国。即"在外敌入侵面前,团结对外,奋起抵抗,直到彻底战胜侵略者,坚决维护祖国主权和独立"。

勤劳勇敢,是中华民族的优良品格,依靠这种精神,中国人民创造了一个又一个人间奇迹,缔造了为世人惊叹的灿烂文明。勤劳勇敢就是要致力于发展祖国的经济文化,创造卓尔不群的中华文明。即是要"不畏艰险,世代相承地开发祖国的自然资源,改造祖国的山山水水,不断丰富和发展中华民族的物质文化财富,为人类文明努力做出自己的贡献"。从传说中的神农氏教农稼穑,"尝百草之滋味,一日而遇七十毒",大禹治水"三过家门而不入",到"途穷不忧,行悟不悔,瞑则寝树石之间,饥则啖草木之实"的徐霞客,到"自己动手,丰衣足食"的解放区军民,再到铁人王进喜"拼死也要拿下大油田",表现出的正是中华民族的勤劳勇敢、刻苦耐劳的精神,是建设祖国、创造中华文明的雄心壮志和笃实行动。

自强不息,是中华民族永无止境的精神追求,是激励中国人民变革创新、不懈奋斗、战胜各种风险、经受各种考验的制胜法宝。自强不息,就是要立志革故鼎新,报效祖国,同一切阻碍历史发展和社会进步的反对势力及其制度做斗争,推动祖国朝着繁荣富强的方向前进。创新是一个民族进步的灵魂,是一个国家兴旺发达的不竭动力。自古以来的中华民族发展史,就始终充满着"道莫盛于趋时"、"穷则变,变则通,通则久"、"苟日新,又日新,日日新"的不断进取、求新创新精神。

(2)民族精神是民族文化的本质和灵魂

从一定意义上讲,民族精神就是人们通常所说的一个民族的文化精神。中华民族文化精神的形成,是在一个较长的历史过程中不断融合多种文化精神的基础上逐步凝结而成的。在中国历史上,儒、墨、道、法、释等都对中华民族文化精神的形成做出了各自不同的贡献,这其中自然包括各民族文化精华及其对异域文明成果的吸收。具体来说,在中国文化的整体构成中,儒家所提倡的人际贵和精神、家庭伦理道德、由己及人的宽容襟怀;道家所强调的豁达大度的人格风范、怡情养性的生活准则、先予后取的处世态度;法家所主张的厉行法治的治国之术、墨家所尊崇的笃行实干的生活态度,以及中国佛教的明心见性、息意去欲的思想特质等等,都共同成为了中国文化的活跃的积极元素。这些具有不同风格和特色的文化分支之所以能够聚合为一个有机的文化整体,并不是硬性地捏和或简单地叠加,而是在国家和民族整体利益的基础上,一种深层的基本精神的共通共融与弥合互补。伟大民族精神,就是植根于中华民族源远流长的民族文化之中。没有深厚悠远的中华文化,民族精神就成了无源之水,无本之木。既不可能产生,更不可能发展壮大。

美国著名历史学家斯塔夫里阿诺斯在《全球通史》中指出:与印度及其他古典文明的不统一和间断相比,"中国文明的特点是统一和连续。中国的发展情况与印度在雅利安人或穆斯林或英国人到来所发生的情况不同,没有明显的突然停顿。当然,曾有许多游牧部族侵入中国,甚至还取某些王朝而代之;但是,不是中国人被迫接受入侵者的语言、习俗或畜牧经济,相反,是入侵者自己总是被迅速、完全地中国化"。中国文明作为世界四大古代文明之一,之所以没有发生古代巴比伦、埃及、印度那样的文明衰落和消沉,其根本原因在于中华文明有民族精神的支撑和依托。民族精神使中华民族结成一个坚固而强有力的整体,也使中华民族具有一种不向困难低头、不向外敌所屈服的愈挫愈勇、愈战愈强的气节和风骨。诚如毛泽东所说,中华民族不仅以勤劳勇敢、刻苦耐劳著称于世,同时又是一个酷爱自由、富于革命传统的民族。中华民族有同敌人血战到底的气概,有奋发图强、开拓创新的决心,有自立于世界民族之林的能力。中华民族因民族精神而使自己具有非凡的生命力、强大的创造力和罕见的凝聚力,绵延数千年而经久不衰,并不断焕发出新的生机和青春活力。

(3)薪火相传、生生不息的民族精神

伟大民族精神,是在中华民族历史发展进程中逐步形成和发展的。它积千年之精华,博大精深,根深蒂固,是中华民族生命机体中不可分割的重要成分。

根据考古学和古人类学的发现,中国大地上埋藏着十分丰富的人类化石和旧石器时代遗物,至今已发现早期智人至晚期智人的遗址约300多处,它们充分说明早在旧石器时代,中华大地上已普遍有了人类活动。新石器时代是以农业和畜牧业的产生以及磨制石器和纺织术的出现为其基本特征的,中国境内现已发现新石器时代的遗址共7000处之多。根据中国境内新石器时代的考古发现,表明中华大地当时实际上存在许许多多的氏族和若干部落集团,其中地处西北的华夏集团已初具民族的雏形。炎帝和黄帝等诸部族之间的战争和融合,对中华民族的形成和发展具有十分重要的意义。自此以后,中华民族日益朝着统一的多民族国家的方向发展。传说中炎帝是原始农业的发明者,黄帝是英雄的象征。炎黄二帝是远古文明的创造者,他们的奉献精神及其创造的伟大业绩,深得后世各族人民的共同认同。人们自豪地将炎帝和黄帝部落视为中华民族的最早渊源,并将炎帝和黄帝视为中华民族的最早祖先。中华文明的生命力、创造力和凝聚力的遗传基因,在炎黄时代即已孕育和最初形成。毛泽东在延安时期写的《祭黄帝陵》一文中写道:"赫赫始祖,吾华肇造;……聪明睿哲,光被遐荒;建此伟业,雄立东方。"

炎黄之后,唐尧、虞舜、大禹相继成为华夏族的首领。唐尧为王,"茅茨不剪,采椽不斫,粝粢之食,藜藿之羹",不仅如此严以律己,传说他又"使羿诛凿齿于畴华之野,杀九婴于凶水之上,缴大风于青丘之泽,上射十日而下杀猰貐,断修蛇于洞庭,禽貔封于桑林",为民除害。"于是天下广狭险易远近,始有道里。"唐尧不仅带领人们同洪水旱灾等自然灾害做斗争,更留下了"禅让"的美好传说,为后世所尊崇。虞舜为王,施行五品之教,注意宽厚仁爱。大禹为王,以治水名天下。大禹在外治水十三年,三过家门而不入,一心只为着苍生社稷。"开九州,通九道,陂九泽,度九山。……天下于是太平治。"唐尧、虞舜、大禹在治国齐家平天下、推动民族融合、传承中华文明等方面都立下了不朽的历史功勋。

尧舜禹之后,夏商周三代兴起。夏商周原是炎黄部族三个不同的胄裔,后逐渐发展而建立国家。夏商周三代的更替,是在充分继承前朝历史文化和社会进步的成果,并与其他部族相互融合的基础上展开和进行的。三代时华夏族已经正式形成,并产生了比较明确的民族意识和民族自豪感。"华夏"一词即具有"居住在中原地区的文化很繁荣的人们"的意蕴。夏商周三代,江山异姓,国家替嬗,然典章文物犹在,民族意识层层凝结积聚,并积淀内化为一种对社稷苍生的关怀,对生养自己民族的故土或故园的钟情,对天下大事和生民命运的关注与忧虑。夏商周三代,"敬德保民"的观念在政治舞台上颇为盛行,商汤、盘庚、周公等人更是将国家命运与对黎民百姓利益的尊重关心联系起来,公忠体国,勤政爱民,以自己的思想观念和行为实践谱写了一曲曲民族精神的凯歌。

春秋战国时期是中国古代社会由奴隶制转变为封建制的大变革和大过渡时代,也是中华民族在形成与发展的漫长岁月中所发生的第一次大动荡并在动荡中走向统一的时期,是民族精神不断产生并日渐深入人心的时期。同列国称雄相伴随的,是思想文化领域里的百花齐放、百家争鸣。百家争鸣提出了许多促进民族融合和国家统一的理论主张，推动了爱国主义思想的高涨。以孔孟为代表的儒家提出了"民为邦本"、"成仁取义"的思想学说，以管仲、商鞅和韩非子为代表的法家提出了"变法图强"、"富国强兵"的观点，墨家提出了"兴天下之利、除天下之害"和"尚同"的主张，道家则提出了"治大国若烹小鲜"和"以百姓心为心"的理论，对夏商周三代以来的民族精神予以总结并使之发展到一个崭新的阶段。

秦汉时期是中华民族经历春秋战国的动荡实现第一次大融合、大统一的时期，是中华民族的主体民族汉族正式形成和汉文化形成的时期，也是中华民族精神的核心——爱国主义传统经过三千年萌生孕育而正式形成或定型的时期。公元前221年，"秦王扫六合"，结束了春秋战国以来列国称雄、诸侯争霸的局面，建立了中国历史上第一个统一的多民族的中央集权的封建国家，从此"海内为郡县，法令由一统"。秦王朝灭亡后，继之而起的是一个更强大统一的汉王朝。汉朝统治阶级注重总结秦亡汉兴的经验教训，采取了一系列与民休养生息、促进民族融合和国家统一的大政方针，致使国力日渐强盛，汉文化声名远播。两汉时期，与国家的统一、民族的融合和社会经济文化的进步相适应,人们的民族意识明显增强,国家观念更加坚定和具体,爱国主义意识及民族精神都得到了长足的发展,出现了维护大一统的中央集权、致力于民族团结和民族融合的许多思想学说和实践人物。苏武、班超、霍去病、司马迁、董仲舒、贾谊、晁错等各以自己的思想和行为,抒写了一部中华民族爱国主义的壮丽史诗,在中华民族精神的发展史上占有着十分重要的地位。

魏晋南北朝时期,随着中原文化的传播和影响,周边少数民族对中原文化产生了崇敬和向往,故在与中原民族的矛盾斗争中逐渐接受和认同中原文化,从而加入中华民族大家庭的行列,不仅促进了中华民族的发展壮大,而且扩大了中原文化对少数民族的影响,使之熔铸为中华民族共同的文化本源,加强了中华民族的生命力、创造力和凝聚力。到了盛唐时期,中华文明发展到一个前所未有的高峰。李世民"水能载舟,亦能覆舟"的以民为本,魏征"居安思危,戒奢以俭"的殷鉴不远,文成公主不远万里的唐蕃和亲,玄奘万里孤征的西行求法,鉴真传法授戒的六次东渡,李白、杜甫、白居易的诗歌,敦煌石窟的绘画雕塑艺术,等等,无一不是充溢着深厚的民族精神、辉映着灿烂的中华文明的代表。经过百余年的努力,中国农业生产也发展到一个新的历史高度,到唐玄宗开元、天宝年间,出现了"耕者益力,四海之内,高山绝,末耜亦满。人家粮储,皆及数岁,太仓委积,陈腐不可校量"的局面。与繁荣的文明相对应,民族精神也在这一时期得到了极大的丰富和发扬。

五代到宋元,中华民族在统一与冲突中不断发展。五代的割据纯粹属于封建地方势力趁社会动乱、统一的中央集权的失衡而自立为王,并且都没有把自己同"中国"区别开来,任何一个处于分裂中的政权都并不以分裂偏安为最终目的,而是希望由自己实现中国的统一。如果说,五代的分裂是对中华民族凝聚力和对统一的向心力的考验与检验,那么,中华民族经受住了历史的考验,民族的凝聚力不仅没有因为国家政治的分裂而涣散,相反,中华民族的统一成为全中华民族的共同的意志和心愿,民族的发展主要表现为以哪个民族为首来主持和领导中华民族的统一。天下大势,合久必分,分久必合。分是矛盾斗争激化的产物,而合则是全中华民族长久的共同愿望。在国家分合的历史关头,爱国主义的表现最为集中与鲜明,许多杰出的思想家和政治家、军事家都会勇敢地反对国家的分裂,致力于国家和民族的统一,为这种统一奉献出了自己的一切甚至生命。正是在这种反对分裂维护统一的斗争过程中,中华民族表现出强烈的爱国主义热情和团结统一的坚定意志,表现出强大的向心力和凝聚力。

经过元代的统一,北方诸少数民族与中原民族在政治、经济和文化上的联系更加紧密,民族生存的共同体更加巩固、更加团结。明清两朝基本上就是对这一统一体的进一步经营,是中华民族统一的生活地域、统一的民族文化和统一的民族心理的进一步加强与巩固。明代和清代的民族融合、团结的政策加强了中华民族各个民族之间的相互认同,中国和中华民族的发展在外延上最终定型。中华民族开始以一个整体民族与世界上其他民族进行物质和文化的交往。

1840年鸦片战争以后,英法日俄美德等西方列强不断侵略欺凌中国,中国主权丧失,国土被瓜分,资源被掠夺,民族被蹂躏,整个中华民族处于水深火热之中,中华民族面临着亡国灭种的严重危机。随着中国社会状况的变化,中国社会的矛盾及其地位发生了变化,帝国主义和中华民族的矛盾迅速上升为社会的主要矛盾。

中国近代社会的主要矛盾决定了中国近代民族精神

的主题:救亡与图强。为了免遭亡国灭种的厄运,就必须奋起反对外来侵略,拯救民族危亡,实现民族独立。不甘屈辱的中国人民奋起反抗列强入侵、捍卫祖国主权和领土完整,用自己的鲜血和生命维护祖国的统一和中华民族大家庭的团结。在近代风雨如磐的艰苦岁月里,中华民族在爱国主义旗帜的指引下,民族凝聚力空前增强,他们用刀枪棍棒、火炮鸟铳及其血肉之躯抵抗着西方列强的洋枪洋炮,与帝国主义强盗进行着殊死的搏斗,将中华民族不畏强暴,不怕牺牲的爱国主义精神发展到相当的历史高度。对此德军元帅瓦西里哀叹道:"无论欧美日本各国,皆无此脑力与兵力可以统治此天下生灵四分之一,故瓜分一事,实为下策。"所以,毛泽东指出:"中国人民,近百年以来,不屈不挠,再接再厉的英勇斗争,使得帝国主义至今不能灭亡中国,也永远不能灭亡中国。"

2. 中国共产党丰富和发展了伟大的民族精神

中国共产党是中国工人阶级的先锋队,同时也是中国人民和中华民族的先锋队。我们党的先进性,决定了她必然是中华民族精神的最好的传承者和实践者。在八十余年的历史中,中国共产党领导和团结全国各族人民前赴后继、英勇奋斗,战胜了一个又一个敌人,克服了一个又一个困难,取得了新民主主义革命、社会主义革命和社会主义建设的伟大胜利。在长期革命和建设的实践中,中国共产党领导全国各族人民,结合时代和社会的发展要求,丰富和发展着伟大的民族精神,把民族精神提升到一个崭新的水平。

(1)长期革命斗争和建设实践的伟大历程把民族精神提升到一个新境界

五四运动以后,中国无产阶级产生了自己的先锋队,独立地登上政治舞台并成为中国各族人民的领导力量,中国的历史由旧民主主义革命阶段进入新民主主义革命阶段。

毛泽东曾经指出:"今天的中国是历史的中国的一个发展;我们是马克思主义的历史主义者,我们不应当割断历史,从孔夫子到孙中山,我们应当给以总结,承继这一份珍贵的遗产。"中国共产党在争取民族独立、国家解放和人民幸福的斗争中,继承和发扬中华民族的优良传统,并结合时代和社会的发展要求,不断为民族精神增添新的内容。

在井冈山时期,中国共产党形成了坚忍不拔、开拓进取、勇往直前的革命胆略,形成了团结一致、顽强拼搏、不怕牺牲的献身精神,凝聚成了井冈山精神。在红军长征的漫漫征途中,红军战士靠着坚定的共产主义理想和革命必胜的信念,靠着艰苦奋斗精神和一往无前、不怕牺牲的英雄气概,克服了千难万险,取得了长征的最后胜利。伟大的长征孕育的伟大长征精神,成为了激励中国共产党人和中华民族百折不挠、奋斗图强的巨大精神动力。在延安时期,尽管生活困苦,然而崇高的共产主义理想,坚定的民族独立和人民解放的信念,坚定正确的政治方向,解放思想、实事求是的思想路线,全心全意为人民服务的根本宗旨,高尚的道德和人与人之间的亲密的同志关系,鼓舞着广大军民艰苦奋斗,去夺取胜利。以自力更生、艰苦奋斗为主要内容的延安精神,激励着中国人民打败了日本帝国主义者,又打败了国民党反动派及其后台美帝国主义。井冈山精神、长征精神、延安精神等等,这些精神都是中华民族的优秀文化的凝结,它们的重新闪现是中华民族振兴的标志。这些精神首先在共产党人身上闪现,而经过共产党人的模范和表率作用,逐渐为人民群众所接受,成为社会新风尚的积极内容。

作为中国共产党第一代领导集体的核心,毛泽东为弘扬和培育伟大的民族精神,建立民族的科学的大众的新民主主义文化做出了独特的贡献。

1939 年 11 月 12 日,国际共产主义战士白求恩大夫不幸逝世。毛泽东即号召共产党人和革命人民学习白求恩毫不利己专门利人的精神。他指出:"一个外国人,毫无利己的动机,把中国人民的解放事业当作他自己的事业,这是什么精神? 这是国际主义的精神,这是共产主义的精神,每一个共产党员都要学习这种精神。""白求恩同志毫不利己专门利人的精神,表现在他对工作的极端的负责任,对同志对人民的极端的热忱。每个共产党员都要学习他。""我们大家要学习他毫无自私自利之心的精神。从这点出发,就可以变为有利于人民的人。一个人能力有大小,但只要有这点精神,就是一个高尚的人,一个纯粹的人,一个有道德的人,一个脱离了低级趣味的人,一个有益于人民的人。"白求恩的事迹不仅感动了中国共产党的每一个成员,也感动了广大的中国人民。毛泽东于是号召共产党员和革命人民向白求恩学习,学习他那种毫不利己专门利人的精神,做一个高尚的人。英雄的人格具有非凡的感染力。毛泽东以此来加强党的作风建设,同时使白求恩精神成为了中华民族精神的重要内容。

1944 年 9 月 5 日,中央警卫团战士、共产党员张思德在陕北安塞县山中烧炭时,因煤窑崩塌而牺牲。为此,毛泽东写了《为人民服务》一文,号召学习张思德身上体现出来的忠实地为人民服务的精神。他说:人总是要死的,但死的意义有不同。中国古时候有个文学家叫做司马迁的说过,人固有一死,或重于泰山,或轻于鸿毛。为人民利益而死,就比泰山还重;替法西斯卖力,替剥削人民和压迫人民的人去死,就比鸿毛还轻。张思德同志是为人民利益而死的,他的死是比泰山还要重的。毛泽东还指出,因为我们是为人民服务的,所以,我们如果有缺点,就不怕别人批评指出。不管是什么人,谁向我们指出都行。只要你说得对,我们就改正。你说的办法对人民有好处,我们就照你的办。毛泽东在号召向张思德学习时,还提出要树立不怕困难、不怕牺牲的作风,他说:"我们的同志在困难的时候,要看到成绩,要看到光明,要提高我们的勇气。中国人民正在受难,我们有责任解救他们,我们要努力奋斗。要奋斗就会有牺牲,死人的事是经常发生的。但是我们想到人民的利益,想到大多数人民的痛苦,我们为人民而死,就是死得其所。"榜样的力量是无穷的,一经宣传和引导,便自然地会影响人们在社会生活中的行为。

中华人民共和国成立后,中国进入了社会主义革命和社会主义建设的新时代,民族精神的主题由救亡图存发展为建设社会主义新中国和保卫新生的人民共和国。新中国成立后不久,毛泽东就号召全党同志一定要保持过去革命战争时期的那么一股劲,那么一股革命热情,那么一种拼命精神,把革命工作做到底,并确立了勤俭建国的根本方针。全国各族人民在中国共产党的正确领导下,自力更生,艰苦创业,团结奋斗,迅速地医治战争创伤,把一个贫穷落后的乱摊子初步建设成为一个国泰民安的新社会,并在很短的时间内建立起独立的现代工业和国民经济体系,创造了旧中国不可想象的奇迹。以黄继光、邱少云、孟泰、时传祥、王进喜、焦裕禄、雷锋为代表的共和国老一辈英模,通过自己的实际行动,开时代之新风。中华民族精神的优良传统也因此而发扬光大,增添了建设社会主义祖国的新内容。

当初,战败的日本人离开鞍钢时曾悻悻然断言,鞍钢在中国人手里只能种高粱。但中国的钢铁工人发扬奋发图强的实干精神,在鞍钢种的不是高粱,而是炼出了一炉又一炉的优质钢铁,使鞍山成为我国重要的钢铁基地。

为了寻找恢复高炉生产所需要的零部件,孟泰不辞辛苦,扒开一尺多深的积雪,将一件件有用的零部件拣拾回来,擦洗干净再抹上油,分类放好。在他的带领下,大伙儿也跟着干了起来。他们跑遍十里厂区,拾到上万个零部件,回收了上千种材料。存放这些东西的铁皮顶矮房子,被称作"孟泰仓库"。勤俭节约的"孟泰精神"与"铁人精神"、"马恒昌小组精神"共同成为那个艰难岁月鼓舞中国人民开创社会主义事业新天地的强大动力。

50年代,一些外国专家认为中国是贫油国,因此中国无法发展起自己的石油工业。但是我们的地质学家通过艰苦的考察勘探,得出了中国富于石油资源的科学结论,我们的石油工人发扬自力更生、顽强拼搏的精神,先后开发并建成了大庆、胜利、大港等油田,一举甩掉了"贫油国"的帽子。不仅如此,大庆在创造物质财富的同时,还为我们党、我们国家、我们民族贡献了宝贵的精神财富,这就是大庆精神,就是为国争光、为民族争气的爱国主义精神,独立自主、自力更生的艰苦创业精神,讲求科学、"三老四严"的求实精神,胸怀全局、为国分忧的奉献精神。

在帝国主义对我国进行经济封锁的困难时期,广大科研工作者发扬热爱祖国、无私奉献,自力更生、艰苦奋斗,大力协同、勇于登攀的精神,在茫茫无际的戈壁荒原,在人烟稀少的深山峡谷,风餐露宿,不辞辛劳,克服了各种难以想象的艰难险阻,经受住了生命极限的考验。运用有限的科研和试验手段,依靠科学,顽强拼搏,发奋图强,锐意创新,突破了一个个技术难关,终于使中国的原子弹裂变为蘑菇云,使中国的卫星在太空唱响《东方红》。科研工作者们所展现出的"两弹一星"精神,显示了中华民族在自力更生基础上自立于世界民族之林的坚强决心和能力。

(2)改革开放的伟大实践为弘扬和培育民族精神注入了新活力

党的十一届三中全会以来,围绕什么是社会主义、怎样建设社会主义,中国共产党领导中国人民进行了不懈的探索,邓小平同志集中全党的智慧,响亮地提出,走自己的路,建设有中国特色的社会主义。经过20多年的发展,中国取得了令世界瞩目的巨大成就,高扬的民族精神的旗帜在改革开放的伟大实践中获得新的血液,更加绚丽灿烂。

改革开放之初,邓小平同志就提出要大力发扬民族精神,强调全党同志要坚持发扬"革命和拼命的精神,严守纪律和自我牺牲的精神,大公无私和先人后己的精神,压倒一切敌人、压倒一切困难的精神,坚持革命乐观主义、排除万难去争取胜利"的五种革命精神;强调艰苦奋斗是我们的传统,我们国家越发展越要抓艰苦创业;强调要以热爱祖国、贡献全部力量建设社会主义祖国为最大光荣,以损害社会主义祖国利益、尊严和荣誉为最大耻辱。进入改革开放和现代化建设的新时期,江泽民同志反复强调要大力发扬艰苦奋斗的精神,提出了"解放思想、实事求是,积极探索、勇于创新,艰苦奋斗、知难而进,学习外国、自强不息,谦虚谨慎、不骄不躁,同心同德、顾全大局,勤俭节约、清正廉洁,励精图治、无私奉献"的六十四字创业精神。面对新世纪新形势新任务,江泽民同志强调,要在全党全社会大力弘扬科学精神和创新精神,大力宣传和弘扬为实现社会主义现代化而不懈奋斗的"解放思想、实事求是,紧跟时代、勇于创新,知难而进、一往无前,艰苦奋斗、务求实效,淡泊名利、无私奉献"的精神。在伟大民族精神的激励下,华夏大地到处是沸腾的战场,经济建设、科技攻关、扶贫攻坚如火如荼。在黄河小浪底和长江三峡工程建设基地,在京九铁路、南昆铁路的会战工地,在高新技术产业开发和科技园的建设现场,在广大的农村,在宁静的校园,在抗洪抢险、抗震救灾的险要处,随处可见生动感人的事迹,随处可闻祝愿国家富强、民族复兴的心声。

市场经济条件下的人们变得自私了?中华民族丧失了凝聚力?……曾几何时,一些这样那样的疑问徘徊于耳、萦绕于心。对此,"万众一心、众志成城,不怕困难、顽强拼搏,坚忍不拔、敢于胜利"的伟大抗洪精神做出了最好的回答。1998年夏秋时节发生特大洪灾的日子里,几十万解放军武警官兵和几百万干部群众奋战在抗洪抢险第一线,用自己的血肉之躯筑起一道道钢铁长城,同洪魔展开了一场惊心动魄的大搏斗、大决战,其气势如同当年辽沈、淮海、平津和渡江战役,同样是那样团结一致,万众一心,同样是那样慷慨悲歌,壮怀激烈。党和国家领导人多次亲临抗洪抢险现场,亲自部署指挥抗洪抢险战斗。人民解放军心系灾区,哪里最危险就出现在哪里。人民群众不分男女老幼纷纷投入抗洪抢险的战场,他们自搭窝棚,吃住在堤上。在巨大的洪水面前,人们舍小家保大家,牺牲局部利益确保全局利益,谱写着一曲又一曲爱国主义的壮丽凯歌。抗洪精神,是爱国主义、集体主义和社会主义精神的大发扬,是社会主义精神文明的大发扬,是中国共产党和人民解放军的光荣传统和优良作风的大发扬,是中华民族的民族精神在当代中国的集中体现和新的发展。

在推进改革开放和社会主义现代化建设的伟大事业中,我们党把马克思主义同中国实际相结合,集中全党智慧,创立了邓小平理论和"三个代表"重要思想。在新的历史条件下,弘扬和培育民族精神必须高举邓小平理论伟大旗帜,坚持以"三个代表"重要思想为指导。"三个代表"重要思想是在科学地判断党的历史方位的基础上提出来的。中国共产党历经革命、建设和改革,已经从领导人民为夺取全国政权而奋斗的党,成为领导人民掌握全国政权并长期执政的党,已经从受到外部封锁和实行计划经济条件下领导国家建设的党,成为对外开放和发展社会主义市场经济条件下领导国家建设的党。中国共产党要始终代表中国先进生产力的发展要求,就是党的理论、路线、纲领、方针、政策和各项工作,必须努力符合生产力的发展规律,体现不断推动社会生产力的解放和发展的要求,尤其要体现推动先进生产力发展的要求,通过发展生产力不断提高人民群众的生活水平。中国共产党要始终代表中国先进文化的前进方向,就是党的理论、路线、纲领、方针、政策和各项工作,必须努力体现发展面向现代化、面向世界、面向未来的、民族的科学的大众的社会主义文化的要求,促进全民族思想道德素质和科学文化素质的不断提高,为我国经济发展和社会进步提供精神动力和智力支持。中国共产党要始终代表中国最广大人民的根本利益,就是党的理论、路线、纲领、方针、政策和各项工作,必须坚持把人民的根本利益作为出发点和归宿,充分发挥人民群众的积极性主动性创造性,在社会不断发展进步的基础上,使人民群众不断获得切实的经济、政治、文化利益。可以看出,弘扬和培育民族精神是"三个代表"重要思想的题中应有之义,以"三个代表"为己任的中国共产党人,带头弘扬和培育民族精神的根本目的,也就是要带领人民群众建设富强、民主、文明的社会主义现代化强国,全面建设小康社会,实现最广大人民的根本利益。正如江泽民同志所指出的:"要在我们这样一个经济、文化比较落后的国家实现社会主义现代化,如果没有一批又一批、一代又一代用高尚精神武装起来的先进分子,如果没有这些先进分子团结和带领广大群众共同奋斗,是不可能成功的。我们说的高尚精神,就是指我们党的崇高理想和信念、优良传统和作风,包括中华民族几千年形成、发展起来的优秀传统文化和美德。"

(3)新阶段新目标体现了弘扬和培育民族精神的时代新要求

"小康",这是一个真正的中国式的概念。虽然我们今天是在现代意义上使用它,但在中国的文化传统中,它却是源远流长。从历史渊源来说,"小康"一词,最早源出《诗经》的"民亦劳止,汔可小康"一语。而作为一种社会模式,一种古代思想家所描绘的诱人的社会理想,一种普通百姓对宽裕殷实的理想生活的追求,"小康"则是在西汉成书的《礼记·礼运》中得到系统阐述:"大道之行也,天下为公。……今大道既隐,天下为家,各亲其亲,各子其子,货力为己。大人世及以为礼,城郭沟池以为固,礼义以为纪,以正君臣,以笃父子,以睦兄弟,以和夫妇,以设制度,以立田里,以贤勇知,以功为己。……是为'小康'。"随着社会进步和历史的发展,小康的内涵也不断地被历代思想家所丰富和发展。

当人类告别 20 世纪的时候,我们中华民族也正好创造了一个值得自豪与骄傲的辉煌:中国在总体上进入了小康社会。这是社会主义制度的伟大胜利,是中华民族发展史上一个新的里程碑。进入 21 世纪,我国已经进入全面建设小康社会,加快推进社会主义现代化的新的发展阶段。在这个阶段,我们要用大体 20 年的时间,全面建设惠及十几亿人口的更高水平的小康社会,使经济更加发展,民主更加健全,科教更加进步,文化更加繁荣,社会更加和谐,人民生活更加殷实。全面建设小康社会的目标,包含了经济、政治、文化发展各方面的内容,是同党在社会主义初级阶段的基本纲领相联系、同加快推进现代化相统一的目标。

伟大的事业需要并将产生崇高的精神,崇高的精神支撑和推动着伟大的事业。实现全面建设小康社会的奋斗目标,是一项充满艰辛、充满创造的壮丽事业,必须坚持弘扬和培育伟大民族精神,使全体人民始终保持昂扬向上的精神状态。

十五大报告提出,要"抓住机遇而不可丧失机遇,开拓进取而不可因循守旧",讲的就是精神状态问题。此后,江泽民同志又多次强调,建设中国特色社会主义的实践在继续前进,我们对中国特色社会主义的探索和认识也要不断继续下去,永远不能停滞。任何安于现状、因循守旧、不思进取、无所作为的思想,都不利于党和国家事业的发展。党的十六大则进一步把这种精神状态提高到"治党治国之道"的高度,强调"通过理论创新推动制度创新、科技创新、文化创新以及其他各方面的创新,不断在实践中探索前进,永不自满,永不懈怠,这是我们要长期坚持的治党治国之道"。并提出要大力弘扬和培育民族精神。

新阶段新目标体现了弘扬和培育民族精神的时代新要求。从中国现代化建设的实践过程来看,中国是一个现代化的后发性国家,在追求现代化的过程中曾经受到过各种敌对势力的反对、孤立和遏制,但是中国现代化建设之所以能够取得巨大成就,靠的就是中华民族强大的民族凝聚力,靠的就是自力更生、艰苦奋斗的奉献精神,放弃了民族精神就等于放弃了民族的希望。展望国际风云,洞察 21 世纪的全球局势,综合国力竞争日趋激烈,中华民族要想在全球范围内的科技知识经济文化竞争中占有一席之地,就必须弘扬主旋律,继承和发扬中华民族的民族精神,"大力倡导一切有利于改革开放和现代化建设的思想和精神,大力倡导一切有利于民族团结、社会进步和人民幸福的思想和精神",用我们民族源远流长的民族精神筑起一道新的长城,扬我国威,振我国魂,壮我国力,强我国民。只有这样,才能真正团结全国各族人民,同心同德地建设中国特色社会主义,实现全面建设小康社会的宏伟目标,实现中华民族的伟大复兴和腾飞。

3. 立足建设中国特色社会主义伟大实践,大力弘扬和培育民族精神

党的十六大把培育和弘扬民族精神作为战略任务提出来,强调"必须把弘扬和培育民族精神作为文化建设极为重要的任务,纳入国民教育全过程,纳入精神文明建设全过程,使全体人民始终保持昂扬向上的精神状态。"这在党的文件中还是第一次。我们一定要按照十六大的要求,立足建设中国特色社会主义伟大实践,以历史的责任感和现实的紧迫感,把弘扬和培育民族精神摆上社会主义文化建设的重要位置,以扎实有效的措施,取得实实在在的效果。

(1)弘扬和培育民族精神的伟大意义

目前,我国已经进入全面建设小康社会、加快推进社会主义现代化的新的发展阶段。对于我们这样一个有56个民族、近13亿人口的大国来说,面对改革发展稳定

的艰巨任务,面对社会经济成分、组织形式、就业方式、利益关系和分配方式的日益多样化,面对人们思想活动的独立性、选择性、多样性、差异性的不断增强,面对世界范围各种思想文化的相互激荡,我们一定要从全面贯彻落实"三个代表"重要思想和十六大精神的战略高度,从全面建设小康社会、实现中华民族伟大复兴的战略高度,充分认识弘扬和培育民族精神的伟大意义。

首先,弘扬和培育民族精神,是增强综合国力的必然要求。有没有高昂的民族精神,是衡量一个国家综合国力强弱的一个重要尺度。综合国力,主要是经济实力、技术实力,这种物质力量是基础,但也离不开民族精神、民族凝聚力,精神力量也是综合国力的重要组成部分。十六大报告指出:"当今世界,文化与经济和政治相互交融,在综合国力竞争中的地位和作用越来越突出。文化的力量,深深熔铸在民族的生命力、创造力和凝聚力之中"。这里讲的文化的力量主要就是指民族精神的力量。人心散则国必弱,人心齐则国必兴。在中国这样一个有近13亿人口的多民族国家,如果缺乏民族凝聚力,就会成为一盘散沙,国家就很难保持统一和稳定,更谈不上什么提高国际竞争力了。民族精神具有强大的社会凝聚力和社会整合功能,是国家发展和稳定的精神基础。只有坚持弘扬和培育高尚的民族精神,才能把全国人民的精神振奋起来,才能把社会各方面的力量凝聚起来,为了一个共同的理想和目标而奋斗。同时,民族精神作为人们在改造客观世界和实践活动中形成的一种精华凝聚的精神成果、一种强大的精神力量,不仅是持续推进物质文明建设的巨大动力,而且在一定条件下还可以转化为强大的物质力量。在当今科学技术迅速发展、知识更新日益加快并同经济联系越来越紧密的情况下,富于理性思维、富于开拓进取的民族精神的大发扬,就可以不断在哲学、社会科学和自然科学领域有所发现和有所发明,在实践中认识和掌握客观规律,学会按照客观规律办事,就能够为民族振兴提供不竭的智力支持。

其次,弘扬和培育民族精神,是实现新的历史任务的客观要求。民族精神不仅具有明确的价值取向和道德取向,能够凝聚全国各族人民的智慧和力量,为实现全面建设小康社会的目标而奋斗,而且它所具有的强烈感召力和推动力,可以激发全国人民的斗志,成为我们克服前进道路上各种困难的精神动力。经过 20 多年来的艰苦奋斗,我国的改革开放和社会主义现代化建设取得了举世瞩目的伟大成就,但这只是在伟大征途上迈出的坚实一步,要完成全面建设小康社会的奋斗目标,要完成基本实现现代化的历史任务,我们要走的路还长得很,我们肩负的任务还很艰巨,我们可能遇到的困难和挑战还会很多,甚至还会伴随着各种风险,需要我们进行长期的艰苦奋斗。只有坚持在全民族中加强民族精神的弘扬和培育,始终保持一种昂扬向上的精神状态,才能战胜各种艰难险阻,把中国特色社会主义事业不断推向前进。

第三,弘扬和培育民族精神,是社会主义文化建设的时代要求。十六大报告提出,依法治国和以德治国相辅相成。要建立与社会主义市场经济相适应、与社会主义法律规范相协调、与中华民族传统美德相承接的社会主义思想道德体系。这是在改革开放和社会主义市场经济条件下精神文明建设的重要任务。弘扬和培育民族精神作为其中的一项内容,占有十分重要的位置。在改革开放条件下,弘扬和培育民族精神,不仅关系文化建设的成败,也关系中华民族的生死存亡。这不仅在于,发展社会主义市场经济对弘扬和培育民族精神提出了新要求,要发挥市场经济有利于增强人们的自立意识、竞争意识、效率意识、民主法制意识和开拓创新精神的新优势,还必须要时刻注意在精神生活中预防和克服市场经济给人们思想上所带来的弱点和局限,必须根据发展社会主义市场经济的要求,弘扬和培育民族精神,发扬民族文化的优秀传统,吸取现代文明的新内容,促进民族文化的创新,使民族文化随着现代化的发展而充实,随着时代的进步而进步。同时还要看到,世界各民族的文化都有其自己的优长,构成了世界文化的多元性,呈现出丰富多彩的特点。但文化作为经济的反映,随着经济全球化进程的不断加快和现代传媒的发展,也正不断地加快在世界范围内的交流和碰撞。这既为我们借鉴和吸收人类文明的成果,汲取世界各民族的优长,促进中国特色社会主义文化的发展提供了条件,同时也对保持我国文化的特性和优良传统提出了挑战。特别是有的西方发达国家正利用经济、军事、科技以及传媒手段上的优势,推行文化霸权主义和文化殖民主义,向广大发展中国家进行文化渗透,对我国进行西化和分化,企图建立由西方价值观念主导的一统天下。面对世界范围各种思想文化的相互激荡,文化作为维系一个国家和民族的精神纽带,一旦丧失了民族特性和民族精神,必然导致本民族文化的衰落,甚至导致整个民族的衰亡。民族精神是民族文化的本质和灵魂。保持民族文化的生机和活力,最重要的是发扬民族文化的优良传统,为民族文化注入充满活力和生机的民族精神。这样,我们的民族文化才能既有海纳百川的胸襟,又有抵制敌对文化入侵的战斗力,真正适应时代和人民的需要。

(2)紧密结合新的实际,弘扬和培育民族精神

同一切人类文明一样,民族精神是社会实践的产物。中华民族的民族精神是我国各族人民在长期的改造客观世界的实践中逐步形成的,是中华民族的思想道德和智慧的积累与凝聚。任何时候,民族精神的形成和发展,都离不开一定的社会历史条件,特别是离不开人们改造客观世界的实践活动。弘扬和培育民族精神,就必须以邓小平理论和"三个代表"重要思想为指导,从新的时代的要求和新的实际出发,同建设中国特色社会主义这一最主要最伟大的社会实践紧密结合起来,并贯穿于这一伟大实践的全过程。

第一,深入开展中华民族悠久历史和优秀传统文化的教育,不断振奋民族精神。弘扬和培育民族精神,离不开对民族历史和优秀传统文化的深刻理解与把握,离不

开民族自尊心和自豪感的树立与增强。因为中华民族的民族精神是在中华民族的历史长河中产生和发展起来的,是中华民族悠久历史文化的积淀与升华。中华民族在漫长的历史进程中,以其勤劳、勇敢和智慧创造了灿烂的中华文明,形成了具有强大生命力的传统文化,其内容博大精深,不仅包括了哲学、社会科学、文学艺术、科学技术等方面的成就,而且蕴含着崇高的民族精神、民族气节和优良道德;不仅孕育了无数杰出的政治家、思想家、文学家、艺术家、科学家、教育家、军事家,而且留下了丰富的文物史迹、经典著作。要通过中国历史特别是近代史、现代史的教育,使人们了解中华民族自强不息、百折不挠的发展历程,了解我国各族人民对人类文明的卓越贡献,了解我国历史上的重大事件和著名人物,了解中国人民反对外来侵略和压迫,反抗腐朽统治,争取民族独立和解放,前赴后继,浴血奋斗的精神和业绩,特别是了解中国共产党领导全国人民在革命、建设和改革中为实现民族独立与人民解放,为实现国家繁荣富强与人民共同富裕而英勇奋斗的崇高精神和光辉业绩。要通过学习和了解中华民族的光辉历史和优秀传统文化,大大激发人们的民族自尊心和自豪感,不断振奋民族精神,使民族精神在改革开放和社会主义市场经济条件下得以大力弘扬和培育,获得深厚的社会土壤与高度的民族自觉。

第二,结合时代和社会的发展要求,吸取世界各民族的优长,不断丰富和发展民族精神。民族精神是一种积累和沉淀,因此也是一个随着时代的进步而不断丰富的过程。我们党领导人民在革命、建设和改革的各个历史阶段,在创造了辉煌业绩的同时,也迸发出了惊天地、泣鬼神的精神力量,形成了各具特点的精神财富,这也是丰富民族精神的重要源泉。同时还要看到,我国进入建设中国特色社会主义的新时期,民族精神也要与时俱进,从改革开放和发展社会主义市场经济的实践中,从同世界各国经济的联系和文化的交流中吸取营养,不断丰富自己的内涵。一个民族的民族精神的形成和发展,必须借鉴世界各国人民创造的先进文明成果。特别是近代以来,各国、各民族之间的相互交流、相互影响,已成为民族精神发展的一个重要特点。当前,经济全球化进程不断加快。全球化作为一种社会现象,它不仅是经济领域中产品与资本的跨国流动,而且是以信息为载体的各种文化和思潮在全球范围内的传播。我们要充分利用这种机会和有利条件,学习和吸收世界各国包括资本主义国家所创造的一切文明成果,广泛吸取世界各民族的优长,不断丰富中华民族的民族精神。

第三,要把弘扬和培育民族精神纳入国民教育和精神文明建设的全过程。培育民族精神是一项庞大的社会工程,需要抓好全民教育,特别要以广大青少年作为教育的重点。学校是对青少年进行民族教育的重要场所,要把民族精神教育贯穿到各级各类学校中去,贯穿到幼儿园直至大学教育的全过程中去。要发挥课堂教学主渠道的作用,把民族精神教育的内容分解、贯穿到学校德育、历史、语言文字等各相关学科的课堂教学之中。还要重视日常的养成教育,通过各种方式和手段,让学生了解、熟悉并接受民族精神,成为人生观、世界观的重要组成内容。应该把培育民族精神作为社会主义精神文明的一个重点,渗透到各种群众性精神文明创建活动中去。教育形式应该活泼多样,充分利用各种生动实际的教材,利用各种有意义的节日、纪念日,寓教于学,寓教于乐。民族精神的培育是千百万群众广泛参加的实践活动,必须尊重群众的首创精神,不断从群众的实践中发现和总结行之有效的办法,加以提高和推广。

第四,要从社会舆论、法制建设、政策引导等方面为弘扬和培育民族精神提供有力保障。民族精神的弘扬和培育,是一项功在当代、利在千秋的大事,必须长期不懈地抓下去。要把教育放在首位,同时又要重视政策和法律法规的重大作用,使之健康发展。要抓好舆论宣传,为弘扬和培育民族精神营造浓郁的氛围,使人们在社会日常生活的各个方面,都能随时随处受到民族精神的感染和熏陶。运用现代化的传播手段对群众进行民族精神教育,是各级新闻出版和影视部门的职责。报纸、刊物、广播、电视、互联网都要发挥各自的优势为民族精神做贡献。宣传富有民族精神的先进人物和先进事迹,宣传中华民族的奋斗历史、光荣传统和灿烂文化。除经常性宣传外,还要善于抓住有利于振奋民族精神的重大活动和重大事件,形成宣传中华民族精神的热潮。各级文化、影视主管部门要积极提倡和扶持弘扬民族精神的各类文艺作品的创作,通过评奖等多种手段加强引导。要重视发挥文艺在弘扬和培育民族精神中的特殊作用。江泽民同志在中国文联第七次全国代表大会、中国作协第六次全国代表大会上的讲话中指出:"文艺是民族精神的火炬,是人民奋进的号角,在弘扬和培育民族精神方面,文艺可以发挥独特的重要作用。"要通过文学、戏剧、电影、电视剧、音乐、舞蹈等各种文艺样式和群众喜闻乐见的文艺作品,在广大人民群众中大力弘扬中华民族的民族精神和民族品格,把全民族的意志和力量凝聚起来,把全民族的精神振奋起来,同心同德地去建设我们伟大的社会主义国家。

(3)每一个炎黄子孙都要做民族精神的建设者和培育者

民族精神的大厦是世代中华儿女一砖一瓦建造起来的,中华民族的每一个子孙都有责任、有义务,也有力量、有条件为弘扬和培育民族精神做出自己的贡献。在这个问题上,不论士农工商,不论男女老幼,不论职位高低,每一个炎黄子孙都应该是民族精神的建设者,民族精神的培育者,民族精神的传播者和弘扬者。

弘扬伟大的民族精神,既表现在国家安危、民族存亡的紧要关头,能够挺身而出、舍生忘死、前赴后继;也表现在国家灾难、面临考验的时候,能够万众一心、众志成城、同舟共济、共渡难关;也表现在事关民族尊严、国家荣誉的时候,能够临大节而不辱、捍卫民族气节;既表现在国家和集体财产面临损害的时候,能够舍身相救、拼死维护,也表现在当他人生命、财产遇到危难的关键时刻,能够见义勇为、扶危济困、无私奉献;既表现在于重大创新、发明创造、科技攻关中有大贡献于社会,也更多地表现在日常的学习工作中,能够爱岗敬业、勤勤恳恳、任劳任怨。

民族精神要靠传统滋养,要靠思想教育,更要靠实际斗争的锤炼。在防治非典型肺炎斗争的过程中,广大医务工作者奋战在第一线,用自己的智慧、辛劳,甚至生命,最大限度地保证了人民群众的身体健康和生命安全。千千万万像岗位做奉献的标兵李素丽、雪山养路工陈德华等那样的普通人,以默默无闻做好本职工作的实际行动,支持防治非典型肺炎的斗争。这场斗争,凝聚和弘扬了"万众一心、众志成城,团结互助、和衷共济,迎难而上、敢于胜利"的新时期伟大民族精神。万众一心、众志成城,就是全党全国人民要把思想和行动统一到中央的部署上来,同心同德、齐心协力,心往一处想,劲往一处使,全党全国拧成一股绳,形成抗击疫病的强大合力。团结互助、和衷共济,就是全社会要广泛动员起来,团结一致、共同行动,互相帮助、互相关心,一方有难、八方支援,给患者群众以无微不至的关爱,给医护人员以满腔热情的支持,给发病地区以切实有力的帮助,做到同呼吸、共命运、心连心,共同应对疫病的挑战。迎难而上、敢于胜利,就是要坚定战胜困难的昂扬斗志和必胜信念,实事求是地分析形势,沉着冷静地面对挑战,坚忍不拔地克服困难,在困难和挑战面前不惊慌、不退缩、不悲观,坚定信心,顽强拼搏,坚决同病魔斗争到底。

"千里之行,始于足下"。我们每一个炎黄子孙都要坚持从自己做起,从现在做起,从一点一滴做起,把对祖国、对人民深沉的爱,把个人的理想和抱负,化作砺志图强、报效祖国的实际行动,为建构民族精神大厦添砖加瓦,尽自己的一份力量。

二、爱国主义

　　中华民族是富有爱国主义光荣传统的伟大民族。爱国主义是动员和鼓舞中国人民团结奋斗的一面旗帜,是推动我国社会历史前进的巨大力量,是各族人民共同的精神支柱。在新的历史条件下,继承和发扬爱国主义传统,对于振奋民族精神,凝聚全民族力量,为中华民族的振奋而奋斗,具有十分重要的意义。

1. 爱国主义是中华民族精神的核心

　　爱国主义是一个历史范畴,在社会发展的不同阶段、不同时期有不同的具体内容,但它具有深刻的历史延续性和继承性。我们所讲的爱国主义,作为一种体现人民群众对自己祖国深厚感情的崇高精神,是同促进历史发展密切联系在一起的,是同维护国家独立和广大人民的根本利益密切联系在一起的。中华民族曾经创造了古代人类最辉煌的历史,具有令世人惊叹的灿烂文化和优良传统。在几千年的人类文明史上，中华民族饱受内忧外患而未被灭亡，历经艰辛磨难而不断奋起。正如毛泽东所说的："我们中华民族有同自己的敌人血战到底的气概，有在自力更生的基础上光复旧物的决心，有自立于世界民族之林的能力。"爱国主义是我们民族能够创造如此彪炳千秋之伟业的凝聚力，这种凝聚力形成了一种伟大的精神传统，贯穿于中华民族的历史长河之中，渗透于炎黄子孙的血液里。鲜明的民族意识和崇高的爱国情感，是一个民族、一个国家得以维系和发展的精神力量，是社会意识形态的重要内容，是社会主义祖国的全体公民必须共同遵循的道德准则。

（1）爱国主义是中华民族的优良传统

中华民族，有着酷爱自由，追求进步，维护民族尊严和国家主权的光荣传统。对外来侵略者无比痛恨，对卖国求荣的民族败类无比鄙视，对爱国仁人志士无比崇敬，已经成为我们宝贵的民族性格。越是在困难的时候，越是在外敌入侵，民族的生存和发展受到威胁的危急关头，中国人民的爱国主义精神就越加显示出强大的力量。多少年来，这种伟大的爱国主义精神，鼓舞着中国人民和一切爱国者万众一心、坚忍不拔地为民族解放和民族振兴而奋斗,为维护民族尊严和国家主权而奋斗。

爱国主义,始终是中国青年运动的旗帜。五四运动以来,中国青年运动奏响的主旋律,就是鲜明强烈的爱国主义。中国青年在自己的探索和实践中,努力学习和继承中华民族的优良传统,努力吸取和传播人类社会的优秀文明成果,从而不断丰富和发展了爱国主义精神的内涵。这种爱国主义,坚持马克思主义科学理论的指导,融入了体现时代进步的民主精神和科学精神,使中华民族的发展有了正确的思想指引。这种爱国主义,与社会主义紧密结合,推动中华民族伟大复兴的事业走上了正确的道路。这种爱国主义,把中国的前途和命运放在世界格局中观察,把中国社会的发展与整个人类社会的进步紧紧联系在一起。有了这样的爱国主义精神,中国青年运动就有了正确的前进方向和强大的精神动力。

翻开中国历史,一部中国近代现代史,就是一部中国人民爱国主义的斗争史、创业史。面对帝国主义的欺凌,我国人民不屈从于任何外力,为了救亡图存,推翻“三座大山”,进行了不屈不挠、前仆后继的斗争,谱写了一曲惊天地、泣鬼神的壮丽凯歌。

(2)爱国主义是激励人们奋发向上的一种精神动力

我国人民世世代代生活在祖国母亲的怀抱中,享受着她所给予的一切,理所当然应该对她具有深厚的热爱之情和为之献身的义务感责任感。几千年来,在爱国主义精神鼓舞下,中华民族创造了光辉灿烂的中华文明。当我们讲到造纸、火药、印刷术、指南针"四大发明"时,一种强烈的自豪感油然而生;当我们读到先辈们不畏强暴,勇于抗争,用鲜血和生命谱写的一页页雄伟悲壮的爱国诗篇时,崇敬之情跃上心头;当我们看到体育健儿们在国际大赛上争金夺银,五星红旗徐徐升起时,禁不住热泪盈眶。

爱国主义精神之所以具有如此巨大的感染力,之所以能够成为激励中华儿女的强大精神动力,主要是在于:第一,它的亲和性。中国疆域辽阔,民族众多,历史上虽然历经磨难,但从遥远的古代起,我国各族人民就建立了紧密的政治经济文化联系,共同开发了祖国的大好河山,创造了灿烂的中华文明,成为维系民族团结和国家统一的牢固纽带。而在共创华夏文明、共同抵御外族入侵的过程中形成的爱国主义传统,以及中华民族大家庭的同根意识,早已深入人心,起了极其重要的粘合作用。这种亲和力,使我们伟大的祖国就像一个巨大的磁场,强烈地吸引和凝聚着全民族的力量,包括海外一切爱国者在内最广泛的统一战线,使零散的个体力量聚合为宏大的整体力量。凭着这种力量,中华民族无坚不摧,无往不胜。

第二,它的鼓动性。在爱国主义精神的鼓舞下,人们会产生一种对祖国前途和命运的高度责任感和义务感。在国家遭受敌对势力威胁和侵略的时候,广大中华儿女响应号召,甘洒热血,保卫祖国。在中国近现代史上,中华民族有多少爱国志士在"外争国权,内惩国贼"、"把日本鬼子赶出中国去"、"向前走别退后,牺牲已到了最后关头"、"不当亡国奴"、"誓死挽救民族危亡"、"振兴中华"等口号的激励下,举国上下,各阶级、各党派、各民族万众一心,一致对外,"用血肉筑成新的长城",前仆后继,英勇斗争,谱写了无数维护祖国利益和尊严的篇章。在社会主义现代化建设和改革开放时期,中国人民在"延安精神"、"西柏坡精神"、"大庆精神"、"女排精神"、"伟大的抗洪精神"的感召下,自力更生,艰苦奋斗,拼搏进取,无私奉献,把改革开放和现代化建设事业不断推向前进,取得了一个又一个的胜利。所有这些,都充分显示了爱国主义精神的巨大鼓动力。

伟大的社会主义祖国,把生于斯、长于斯的中国人民的利益、命运和感情紧紧地联系在了一起。只有在爱国主义的旗帜下,才能形成全民族的强大凝聚力和振兴中华的强大精神动力,使全国各族人民和海外爱国侨胞结成最广泛地爱国统一战线,团结一切可以团结的力量,调动一切可以调动的积极因素,同心同德为实现中华民族的伟大复兴共同奋斗。在改革开放和现代化建设的新时期,我们肩负着实现中华民族伟大复兴的历史重任,我们更需要大力弘扬爱国主义精神。

(3)爱国主义是一种崇高的思想道德境界

列宁说过:"爱国主义就是千百年来巩固下来的对自己的祖国的一种最深厚的感情。"对祖国的爱是一种博大的爱,热爱祖国的行为是一种崇高的行为,是从内心深处产生的对祖国深厚的感情,对祖国无限忠诚,对祖国前途和命运无比关心。爱国主义的情感和动力,历来都被视为品质高尚的象征。它集中反映了人民与祖国之间的骨肉亲情关系。同时,爱国主义不仅仅是一种情感,而且是调整个人与国家、民族关系的道德规范。人们把它作为分辨社会行为美与丑、是与非、真与假,决定是赞扬还是唾弃,效法还是惩戒的一种标准。爱国主义情感的抑恶扬善作用,经过亿万人千百年的继承和发扬,逐渐理论化和规范化,最终形成了各国、各民族都具有的一种道德规范。培养爱国之情,陶冶爱国主义的道德情操,是历史和时代对每一个人提出的最起码的要求。

世界各国的人民都以是否热爱自己的祖国,能否为祖国贡献力量作为尺度,来评价一切个人、集团、政党、阶级的言行,评价一个国家的社会道德状况。在世界历史发展中,中华儿女尤其以其忠诚祖国、热爱祖国、献身祖国为大节,以救国治国、兴邦振国为人生奋斗的最高境界。那些胸怀爱国情感的人,对于祖国、民族和人民的命运极其关心,对于自己祖国取得的每一个成就和胜利无不感到愉悦、欣喜和鼓舞;对于有害于祖国、民族、利益的事情,对于祖国利益遭受的每一贬损,无不感到嫌恶、愤怒、憎恨甚至痛心疾首。爱国主义情感还决定着人们对自己行为和他人行为的取舍,也正是因为这个原因,所以,自古以来,中国人民最钦佩和敬重的是那些赤胆忠心、鞠躬尽瘁、慷慨赴义的爱国者;最痛恨的是那些丧失国格人格、卖国求荣的民族败类。从忧国忧民的屈原,到精忠报国的岳飞、文天祥，从维护民族利益的林则徐，到民主革命的先行者孙中山，无不受万众称颂，被千秋景仰。"我是中国人民的儿子，我深情地爱着我的祖国和人民"。邓小平这语重心长、掷地有声的话语，展现了一代伟人博大的胸怀和对祖国的深深爱意，代表了亿万人民的共同心声。随着社会的发展和进步，热爱祖国的思想和行为，更加具有深刻的社会道德意义，将鼓舞和激励一代又一代的中国人去为祖国的强盛、民族的复兴激烈地拼搏。

2. 维护国家利益，捍卫国家尊严

热爱祖国，是每一个中国公民的光荣义务和责任，要做一个坚定的爱国者。爱国主义情感往往成为信念或行动的基础，它是坚持国家利益高于一切原则的道德要求；是树立民族自尊心自信心，保持民族气节，维护民族尊严的精神依托；是抵御外辱，反对侵略的具有强大号召力的旗帜。爱国主义要求人们时刻关心国家的前途和命运，为祖国的繁荣和富强而奋斗，为保卫祖国的领土完整和主权而英勇献身，并使人民懂得这是高尚的追求、美好的追求。

(1)国家利益高于一切

爱国主义作为道德规范,是调整个人利益与国家利益之间关系的行为准则,是我们评价人们在处理个人和国家利益关系是否正确的重要尺度。如果一个人的行动符合这一道德规范,那么他就是一个爱国者;如果一个人的行动不符合这一道德规范,那就谈不上爱国。热爱祖国的思想和行动,在社会生活中具有深刻的道德意义。国家利益高于个人利益,个人利益自觉服从国家利益,是爱国主义道德规范的基本原则。

在我国传统文化中就蕴含着个人利益服从国家利益的朴素道理。中华民族之所以能在几千年的历史长河中历经坎坷、动荡而巍然屹立于当今世界,其重要原因之一就在于此。我国古代流传下来的"杀身成仁"、"舍生取义"、"国家兴亡,匹夫有责"、"先天下之忧而忧,后天下之乐而乐"等至理名言,都体现了这种精神。

但是一切剥削阶级的理论家都没有科学完整地解释这个爱国主义的基本原则及其形成原因。比如,在封建社会里,一些剥削阶级伦理学家宣扬爱国就是"忠君报国"。为什么要忠君报国呢?他们认为,帝王是上天的儿子,是"天子",国家就是上天交给"天子"管理的天下,而"忠君报国"就是向上天尽责,就是要替上天保住封建帝王的天下。这种解释是非常荒谬的,只是维护封建统治阶级统治的托词而已。只有马克思主义才对爱国主义做出了科学的解释。马克思说:"人们奋斗所争取的一切,都同他们的利益有关。"国家利益和个人利益是全局和局部的关系。国家利益包含个人利益,是实现个人利益的条件和基础。祖国是人们赖以生存的疆域、语言、文化、历史传统和生活条件等自然和社会环境的整体,每个国家的人民总是在祖国这个环境中实现其权利和义务的,离开了祖国,个人的一切利益就没有保障。如东汉末年的文学家蔡邕有个女儿蔡文姬,她通晓诗书,颇有文采。蔡邕当时是个大官,完全有权、有财产让自己的女儿过一种养尊处优的生活。按理说,蔡文姬的个人命运是不错的,但是"覆巢之下,岂有完卵"。东汉末年,匈奴进犯中原,天下大乱,国破家亡,蔡文姬也不得不从官府的深闺中出来逃难,不幸为匈奴所掳,流落塞外。由此可见,国家的利益,如领土的完整,主权的独立,经济的发展,文化的繁荣,社会的进步,是所有祖国儿女实现其个人利益的基础、源泉和保证。因此,国家利益也就是本国人民的根本利益。

但是国家利益并不等同于个人利益。一方面,国家利益是无数个人利益即全国人民利益的总和,同个人利益相比较,它是更加广泛、更为重要的全局性利益。另一方面,国家利益还关系到整个民族、全体人民长时期的历史命运的利益,同个人利益相比较,国家利益又是长远的、无比持久的利益。所以国家利益不能不高于个人利益。由于国家利益和个人利益在根本上是一致的,因而祖国对她的儿女总是具有无穷的吸引力和凝聚力,吸引她的儿女为祖国的繁荣昌盛而奋斗,并且在祖国的富强中发展自己,满足自己正当的个人利益。但是国家利益和个人利益在根本方面一致的前提下,国家利益和个人利益之间的矛盾也是经常发生的。比如,当祖国遭受外敌入侵的时候,国家的安全和个人的安全常常不能两全。又如,为了推动国家和社会进步而向反动势力进行斗争,往往要冒牺牲个人生命的危险。在国家利益和个人利益发生矛盾时,以个人利益服从国家利益,牺牲个人利益以保全国家的利益,甚至牺牲个人生命以保卫国家的利益,是国家利益高于个人利益这一客观利益关系在道德关系上的反映。世界各国人民都在自己长期的社会实践中,通过总结正反两方面的经验,认识到个人利益必须服从国家利益的道理,并且把它作为各民族人民中普遍遵循的行为准则、道德评价和判断的重要标准,从而在各民族人民中普遍地形成了爱国主义的道德规范。

在我国社会主义条件下,个人与国家、社会在根本利益一致的基础上仍然存在着矛盾,我们必须把这种矛盾统一到建设中国特色社会主义事业上来。邓小平指出:"我们从来主张,在社会主义社会中,国家、集体和个人的利益在根本上是一致的,如果有矛盾,个人的利益要服从国家和集体的利益。为了国家和集体的利益,为了人民大众的利益,一切有革命觉悟的先进分子必要时都应当牺牲自己的利益。我们要向全体人民、全体青少年努力宣传这种高尚的道德。"我国当前正处于改革和发展的关键时期,在前进的道路上,成绩和困难并存,机遇和挑战同在。抓住时机,发展自己,积极推进建设有中国特色社会主义的伟大事业,客观上要求每个人都树立全局观念、大局意识,在任何时候、任何情况下都把国家利益放在首位,坚持局部利益服从整体利益,个人利益服从国家利益,反对损人利己、损公肥私,挖国家和集体墙角的行为。国家利益是实现个人利益的前提。只顾个人利益,不顾集体利益;只顾小集团利益,不顾国家利益;只顾个人捞好处,不对社会讲奉献,国家就没有凝聚力,就缺少发展后劲,就难以兴旺发达。从长远看,最终也无个人利益可言。

在现实生活中,任何一项具体的政策措施,都不可能同时、同步给所有人带来同样多的利益,再加上改革本身发展不平衡等原因,一些人的利益暂受到冲击和影响是难免的。对此,我们必须要有足够的思想准备。国家利益高于一切。当国家利益和个人利益发生冲突时,我们要想一想革命先辈,他们为了国家的独立、民族的解放,前赴后继,不惜抛头颅、洒热血;看一看现在在各条战线上的先进人物,他们为了改革的推进、国家的富强,付出了多少心血和汗水。他们在流血牺牲、拼搏奋斗的时候,决不会把个人与国家的利益关系看成是等价交换的关系,也决不会为了个人利益而放弃自己的理想和追求。国家就好像一个大家庭,在这个家庭中,每个成员都应当自觉承担相应的责任和义务。有了这种认识,才能把爱国之情转化为报国的具体行动。

(2)维护民族尊严,保持民族气节

中华民族历来是注重维护民族尊严,保持民族气节的民族。鲁迅先生曾经说过："惟有民魂是值得宝贵的,惟有他发展起来中国人才有真进步。"

强烈的民族自尊心是每个民族维护民族尊严的要求。随着人类社会的进步,世界各民族逐渐形成了民族的自尊心理。这种民族自尊心不仅表现为民族交往中自强自信,还表现为渴望得到其他民族和国家的尊重。民族自尊心不仅是对自己民族、国家的积极肯定和评价,而且是一种积极的行为动机,具有强烈的道德意义和实践指导意义。首先,它要求人们自觉地维护本民族的尊严,维护包括自己在内的人民的整体利益,必要时,宁愿做出自我牺牲,以保持民族的尊严和荣誉,维护国格和人格的完美,而决不做有损国格和人格的事情。其次,它要求其他民族尊重本民族的尊严,决不允许其他民族侵犯和亵渎这种尊严,随时准备同一切侵犯、亵渎民族尊严的外来势力做不懈的斗争。在中国历史上,为了维护民族尊严,保持民族气节,宁愿放弃个人利益甚至个人的生命,从来就是中华民族最珍贵的品质和最鲜明的特征,是爱国主义情感和行为的内在动力。

中华民族数千年光辉灿烂的文明史,孕育了鲜明的民族个性和民族自尊心,养成了神圣不可侵犯的民族尊严,酿成了中国人民独特的讲风骨、重气节的心理素质。中国人民的民族自尊心主要表现为坚贞的民族气节。"人生自古谁无死,留取丹心照汗青",正是这种为维护民族尊严不惜牺牲生命的民族气节的体现。

"苏武牧羊"就是其中的一例。公元前100年,汉武帝派苏武以"中朗将"之职,执节出使匈奴。当苏武办完外交事务,正欲回朝复命之时,不料匈奴贵族借故将其扣留。起初,匈奴劝苏武投降,被苏武严词拒绝,他说:"我是汉朝使臣,要是屈辱了国家的使命,丧失了气节,活下来也没有脸面回到祖国去。"为了消磨苏武的意志,匈奴贵族把他流放到冰天雪地、人烟稀少的北海去放牧。苏武在饥寒交迫中艰难地生存着,杖汉节而牧羊,始终不向匈奴屈服。19年后,他才回到祖国。苏武视死如归,保持民族气节的英勇义举激励着千秋万代华夏儿女。

南宋爱国英雄文天祥,竭尽全力率兵抗元,后来兵败被俘。在押解途中,他感慨祖国大好河山支离破碎,写下了悲壮的诗篇《过零丁洋》,"人生自古谁无死,留取丹心照汗青"成为传诵千古的爱国名言。

近代民族英雄林则徐,信守"苟以国家生死以,岂因祸福避趋之"的人生格言,极力主张严禁祸国殃民的鸦片,并勇于同英帝国主义侵略者进行坚决的斗争。著名爱国将领和抗日民族英雄吉鸿昌,在民族危亡的时刻,曾被蒋介石逼迫"出洋考察"。在美国,吉鸿昌和一名使馆参赞去邮局寄包裹,遭到美国人的侮辱,那位参赞埋怨他说:"你为啥要说是中国人呢? 你可以说是日本人,这样就能受到礼遇。"吉鸿昌怒不可遏,一把抓住那位参赞的衣领,大声斥道:"你觉得当中国人丢脸吗? 我觉得做一个中国人光荣得很! 我吉鸿昌誓死不当洋奴!"他回到住处,当即找了一块木片,用英文写上:"我是中国人!"每到出席宴会和公众场合,都佩戴在胸膛上。这些民族志士们为了捍卫民族尊严表现出的高尚情操,成为全民族学习的榜样。

中国人民的民族自尊心还表现为,中国人民一向自爱、自重,自觉地控制自己的言行,使自己的言行符合一个中国人的人格和有利于维护祖国的国格。中华民族的尊严,是中国亿万同胞共同努力建树和维护的结果。中华民族的每个成员,只有建树祖国荣誉、维护民族尊严的义务,而没有损害祖国荣誉和民族尊严的权利。自觉维护中国人的人格和国格,已经成为中华民族具有悠久历史的道德传统。中国有句俗话:"自重者人恒重之,自轻者人恒轻之。"以一个中国人应有的道德标准和民族意识自尊、自爱、自重、自律，在任何情况下也不做丝毫有损国格、人格的事情，不仅能为个人赢得荣誉，而且能为祖国和民族赢得尊严。如杨靖宇、赵一曼宁肯抗日死，不当汉奸活，朱自清情愿饿死也不吃美国救济粮等，表现出中华民族高尚的民族气节。

随着历史的发展，爱国主义精神的内涵也在不断地充实和发展。但维护民族尊严，保持民族气节，始终是主题。在改革开放的今天，在全社会大力倡导和弘扬这种精神，是不断推进建设有中国特色社会主义伟大事业的需要。正如邓小平所强调的："必须发扬爱国主义精神，提高民族自尊心和民族自信心。否则我们就不可能建设社会主义，就会被种种资本主义势力所腐化。"邓小平的话，深刻地阐明了维护国家利益、捍卫民族尊严对我们国家发展、民族振兴的极端重要性。

当然，保持民族气节，维护民族尊严，要注意防止两种倾向：一是必须反对民族虚无主义。近年来，在改革开放的条件下，有些人淡化了可贵的民族精神和民族意识，对自己民族的优良传统采取否定的态度，丧失民族气节，干出许多丧失国格人格的事。有的在涉外活动中贪图蝇头小利,为小恩小惠而慷国家之慨。有的崇洋媚外,认为凡是外来的都是好的,就是外国的月亮也比中国的圆,甚至连公司、商场、饭店及文化娱乐场所,都千方百计地想起个洋名、挂个洋牌。这些不要民族自尊、不讲民族气节的言行,是民族虚无主义思想的表现,必须加以反对和克服。二是盲目排外的倾向。这是闭关自守、妄自尊大思想的反映,与时代的要求格格不入,其结果是导致经济、文化的落后和社会发展的退步。我们只有继承和发扬中华民族的优良传统,积极学习别国的先进技术和经验,取人之长,补己之短,才能加快社会主义事业的发展。

(3)抵御外辱,反对侵略

中华民族素有反对外来侵略的传统。在中国历史上,面对"倭寇"的侵扰,戚继光率领军民,转战于东南沿海,与倭寇经过10多年的反复较量,终于扫清了倭患。面对荷兰殖民主义者的侵略,郑成功率领军民顽强抗击,使我国的神圣领土台湾又回到了祖国的怀抱。面对沙皇俄国的入侵,中国军民英勇抵抗,维护了边疆的安全。1840年以后,面对西方列强的侵略,中国人民进行了不屈不挠的斗争,在反帝侵略的斗争史上写下了光辉的一页,表现出了不畏强暴,勇于反抗压迫、反对侵略,维护国家的主权和领土完整的爱国主义情怀。

中国现代史上中国人民反对日本军国主义的侵略更是波澜壮阔,惊天地,泣鬼神。以 1937 年 7 月 7 日炮轰宛平县城和进攻卢沟桥为标志,日本侵略者发动了企图在整个中国实行殖民统治的全面侵华战争。日本侵略者对中国人民犯下的罪行,成为历史上最野蛮、最残酷的一页。但是中国人民并没有被吓倒。日本侵华战争激起了中国各族人民的愤怒和反抗。从东北义勇军、抗日联军的反日斗争到国民党爱国将士在上海、华北的英勇抗击,从"一二九"运动到遍及全国的救亡运动,都反映着中国各族人民抗日的坚定决心和共同意志。1935 年底,中共中央在瓦窑堡会议上确定了抗日民族统一战线的方针。张学良、杨虎城两位将军发动的西安事变,对推动国共两党再次合作、团结抗日,起了重大历史作用。

从此,在中国共产党倡导的抗日民族统一战线的旗帜下,以国共两党合作为基础,不愿做奴隶的中国人,工、农、商、学、兵各界各族人民,各民主党派、抗日团体、社会各阶层爱国人士和海外侨胞,实现了空前的大团结。中国军民奋勇杀敌,谱写了反抗日本侵略者的气壮山河的英雄史诗。在长达八年的抗日战争中,中国共产党始终坚持抗战,反对投降;坚持团结,反对分裂;坚持进步,反对倒退,与各爱国党派、团体和广大人民一起,共同维护了团结抗战的大局,保证了战争的最后胜利。

中华人民共和国的建立,使中国人民受凌辱的日子从此一去不复返了,中华民族自此屹立于世界民族之林。

3. 投身现代化建设是新时期爱国主义的主题

在当代中国,爱国主义与社会主义本质上是统一的,投身于现代化建设事业,是新时期爱国主义的主题。邓小平指出:"中国人民有自己的民族自尊心和自豪感,以热爱祖国、贡献全部力量建设社会主义祖国为最大光荣,以损害社会主义祖国利益、尊严和荣誉为最大耻辱。"这是对现阶段爱国主义精神的精辟概括,每一个炎黄子孙都应该向荣背耻。

(1)爱国主义与社会主义本质上是一致的

江泽民同志指出:"在当代中国,爱国主义与社会主义本质上是统一的。"爱国主义和社会主义是相互联系,相互推动,辩证统一的。社会主义是中国人民的历史选择,是中国走向现代化的必由之路。今天,全体社会主义劳动者、拥护社会主义的爱国者,都越来越自觉地认识到,只有社会主义能够救中国,只有社会主义能够发展中国。爱国主义离不开社会主义,只有建设有中国特色的社会主义,才能为爱国主义指明正确的方向和道路,使爱国主义所要求的民族独立、国家统一、人民富裕和"一国两制"得以实现;社会主义也离不开爱国主义,爱国主义是推动中华民族向前发展的巨大精神力量,能促进社会主义现代化建设不断前进。总之,爱国主义和社会主义是在建设有中国特色社会主义的理论和实践中统一起来的,爱国主义和社会主义结合得越好,对建设有中国特色社会主义事业贡献就越大。江泽民同志指出:"建设有中国特色社会主义理论是社会主义同爱国主义统一的科学理论。"

第一,爱国主义同社会主义这种本质上的一致性,不是人们的主观意志确定的,而是由历史发展的客观规律和中国的国情所决定的,是中华民族在近现代的社会大变动中,通过艰辛的探索和英勇的斗争,做出正确选择的结果。爱国主义作为一种为祖国独立富强而贡献力量的使命感和献身精神,它是一种历史的范畴。毛泽东指出:"帝国主义侵略中国,反对中国独立、反对中国发展资本主义的历史,就是中国的近代史。"在这种历史条件下,近代爱国主义的特点和具体表现就是:针对帝国主义的侵略和封建主义的压迫,中华民族在忧患、抗争和求索的过程中弘扬古代爱国主义的传统,并使之进入到新的境界;争取民族独立、政治改革和社会进步构成了近代爱国主义的基本内容;提出各种促使中华民族独立富强的救国方案,是近代爱国主义追求的具体目标;反对帝国主义侵略,争取民族的生存和解放,追求祖国的进步与富强,成为近代爱国主义的中心主题;革命成为近代历史发展的主旋律。为此,从魏源、林则徐到洪秀全、康有为、梁启超,再到孙中山、黄兴等无数仁人志士进行了各种各样的探索和试验,他们的探索是中华民族爱国主义的具体体现,他们的民族抗争精神和奋斗精神是难能可贵的,也是可敬可佩的。

近代以来,中国人向西方学习,企图走资本主义的道路,但一直没有走通。太平天国的领袖人物洪仁玕的《资政新篇》提出一个试图效法西方资本主义国家的建国方略,但太平天国革命被中外反动派联合绞杀了。清朝政府内一些地主阶级当权派掀起的"自强求富"的洋务运动最后也没有完成其历史任务。戊戌维新的领袖康有为把向西方学习从经济领域引向政治领域,企图通过一个没有实权的光绪皇帝在中国实行君主立宪制度,但也是昙花一现,仅进行了 103 天即告失败。毛泽东指出:"中国反帝反封建的资产阶级民主革命,正规地说起来,是从孙中山先生开始的。"孙中山先生第一个在中国提出了"振兴中华"的口号,他领导革命党人进行长期不懈的斗争,经过辛亥革命终于推翻了清王朝的腐败封建统治,建立了中华民国。但是这个国家虽然挂出了民国的招牌,却没有改变中国仍然是帝国主义列强凌辱宰割下半殖民地半封建国家的现实,反帝反封建的革命任务并没有完成。事实证明,在中国走资本主义道路是不可能实现的。

正是在这个历史关头,俄国十月革命一声炮响,给中国送来了马克思主义。先进的中国人决定走俄国人的路。从此,近代爱国主义得到了升华,开始与科学社会主义相结合。在十月革命影响下诞生的中国共产党承担起了这个历史的重任。中国共产党成立以来始终高举爱国主义的伟大旗帜,为实现民族独立、国家统一进行了可歌可泣的奋斗。中国共产党运用马克思主义观察国家和民族的命运,不仅实现了中国亿万人民渴望的救国目标,而且将爱国主义与时代要求相结合,把中国引向社会主义,使苦难的中国走上了民主、独立和繁荣富强的道路,使中国的社会主义事业获得了欣欣向荣的发展,并团结、吸引一切爱国者共同奋斗。我们党继承和发扬中华民族的优秀传统,在争取民族独立、维护国家主权的斗争中,付出了最大的牺牲,做出了最大的贡献,赢得了全国各族人民的衷心爱戴和拥护。中国共产党人,是最坚定、最彻底的爱国者。中国共产党,是近代中国人民爱国主义精神之集大成者。中国共产党的爱国主义,是中华民族、中国人民爱国主义的最高风范。爱国,必须把祖国引上符合人类社会历史发展总趋势的社会主义道路,这是使祖国永远立于不败之地,永远发达昌盛的根本政治保证。邓小平在总结这一历史的经验教训时指出:"中国自鸦片战争以来的一个多世纪内,处于被侵略、受屈辱的状态,是中国人民接受了马克思主义,并且坚持走从新民主主义到社会主义的道路,才使中国的革命取得了胜利。"这也就是说,爱国主义只有与社会主义相结合,才能取得真正积极的成果。从爱国主义走向社会主义,并不是历史的偶然巧合或误会,而是中国历史发展的必然。

第二,在当代中国,爱国就是爱现实的社会主义的中国。建设有中国特色社会主义的共同理想和目标,把爱国主义和社会主义、社会主义与国家民族利益内在统一起来了。只有社会主义才能救中国,只有社会主义才能发展中国。这是因为,建设有中国特色的社会主义,把我国建设成为一个富强、民主、文明的社会主义现代化国家,这一共同理想集中反映了全国各族人民的利益和愿望,是全体人民在政治上、道义上和精神上团结一致的基础,是克服任何困难、争取胜利的强大的精神武器。为了实现这个共同理想,一切有利于民族团结、社会进步、人民幸福的积极思想和精神,一切有利于改革开放和现代化建设、中华民族的伟大复兴、祖国统一的积极思想和精神,一切有利于诚实劳动争取美好生活的积极思想和精神,都应当尊重、保护和发扬。这样,才能团结一切可以团结的力量来建设社会主义,真正克服长期造成的严重危害的狭隘观点,使共产党员和非共产党员,无神论者和宗教信仰者,国内同胞和港澳台胞、海外侨胞,总之,使全体劳动者和爱国者,都紧密地团结在一起,为实现共同理想而奋斗。因此,爱国主义与社会主义是一致的。

针对有些人把爱国主义与社会主义对立起来的观点,邓小平一针见血地指出:"有人说不爱社会主义不等于不爱国。难道祖国是抽象的吗?不爱共产党领导下的社会主义的新中国，爱什么呢？港澳、台湾、海外的爱国同胞，不能要求他们都拥护社会主义，但是至少也不能反对社会主义的新中国，否则怎么叫爱祖国呢？至于中华人民共和国领导的每一个公民，每一个青年，我们的要求当然要更高一些。"这就表明，无论在任何情况下或者在任何意义上，都不能把爱国主义与社会主义对立起来。对于我国的公民，特别是青年来说，爱国只能爱社会主义祖国，热爱社会主义制度，而不可能有别的解释和理解。社会主义与祖国利益的内在一致性，使人民热爱祖国的热情大大发扬起来并凝结成为祖国亦即社会主义而奋斗的精神。

第三，坚持独立自主的原则和改革开放的方针，建设中国特色的社会主义，是把爱国主义和社会主义统一起来的具体体现。独立自主、自力更生，是建设有中国特色的社会主义的立足点，也是当代爱国的基本要求。独立自主、自力更生，是以毛泽东为代表的中国共产党人在领导中国革命与建设的全部活动中，把马列主义普遍真理与中国的具体实际相结合而得出的一个创造性的结论。邓小平在中国共产党第十二次全国代表大会开幕词中，又一次重申并进一步发挥了这个思想。他说："中国的事情要按照中国的情况来办,要依靠中国人自己的力量来办。独立自主、自力更生,无论过去、现在和将来,都是我们的立足点。中国人民要珍惜自己经过长期奋斗而得来的独立自主的权利。任何外国不要指望中国做他们的附庸,不要指望中国会吞下损害我国利益的苦果。"中华民族在历史上饱受帝国主义侵略欺凌,中国的独立自主是一百年来中国人民经过艰苦卓绝的斗争赢得的。独立自主的权利对中国的生存和发展具有极其重要的意义。邓小平多次强调指出,我们搞的是有中国特色的社会主义,是坚持独立自主的社会主义。中国是个大国,但又是个小国。所谓小国,就是因为穷,是一个发展中国家,属于第三世界。如果我们不尊重自己民族的感情,不从本国的国情出发,或者说,总是看着发达国家的脸色行事,坐到别人的车子上,任其支配和指使,中国就没有前途,就不会成为独立自主的国家,在今天世界的多极格局中就不会占有一极的地位。正是在这个意义上说,坚持独立自主的原则,就是坚持爱国主义,就是坚持建设有中国特色社会主义的基础。

改革开放是建设有中国特色社会主义、强国富民的必由之路。爱国必须强国,改革开放是当代中国的强国之路。我国10多年的实践证明,改革是解放和发展生产力,促进社会进步的巨大推进器。它一方面清除阻碍社会发展的陈旧的体制和观念;另一方面努力开掘出推进社会进步的新的动力资源,调动起亿万人民群众发展生产力,建设社会主义现代化的积极性、创造性,增强中华民族进一步发展的生机和活力,为中国人民实现现实利益追求和为中华民族实现长远发展目标开辟出一条崭新的途径。要使国家富强,还必须实行对外开放。闭关自守不是社会主义,封闭锁国只有导致落后。邓小平说:"总结历史经验,中国长期处于停滞和落后状态的一个重要原因是闭关自守。经验证明,关起门来搞建设是不能成功的。中国的发展离不开世界。"20多年来,我国坚定不移地实行对外开放的政策,全方位、多领域、多层次、多形式地发展对外经济技术交流与合作,大胆吸收和借鉴人类社会创造的一切文明成果,使我国的经济获得了举世瞩目的成就。当然,实行对外开放,也会有一些消极的东西进来。只要我们保持清醒的头脑,采取正确有力的措施,就能够抵制资产阶级腐朽思想的侵蚀,防止资产阶级生活方式在我国泛滥,把我们国家建设好。这也就是说,我们为社会主义理想而奋斗,不但是因为社会主义有条件创造出比资本主义更高的生产力和劳动生产率,而且是因为只有社会主义才能消除资本主义和一切剥削制度所产生的一切腐败和不公平现象。正是从这个角度看,社会主义和爱国主义内在统一起来了。

第四,爱国主义和社会主义的内在统一,与无产阶级的国际主义原则并不发生矛盾。在共产主义社会没有实现之前,人一来到世界上就隶属于某个国家,从而,个人的命运便不可避免地和国家的命运联系在一起,但爱国主义若不与国际主义相联系,就会演变为狭隘的民族主义和沙文主义。无产阶级的爱国主义建立在同世界各国人民为争取人类进步事业而友好合作的基础之上,直接维护广大人民群众的根本利益,反对一切剥削和压迫,以实现共产主义为最终目标。我们不能容忍本国人民的利益和民族尊严受到任何侵犯,也充分尊重别国人民的利益和民族尊严。各国正当的民族利益的充分实现,不能脱离全世界无产者和全人类解放的整体利益。马克思主义认为:无产阶级的爱国主义和国际主义是无产阶级革命事业的统一不可分割的两个方面。毛泽东指出:"中国共产党人必须将爱国主义和国际主义结合起来,我们是国际主义者,我们又是爱国主义者。"可见,无产阶级爱国主义本身,就是同无产阶级国际主义紧密联系在一起的。也就是说,一个真正的爱国主义者,同时也应当是一个坚定的国际主义者,因为中国人民的根本利益是同世界人民,首先是世界无产阶级的根本利益相一致的。中国革命和建设事业的成功,必须有世界人民、首先是世界无产阶级的国际主义支持和帮助;而中国社会主义现代化建设事业的成功,对于世界人民、首先是世界无产阶级和共产党人也是一种国际主义的援助。中国共产党在它的整个奋斗历程中,始终坚持把爱国主义同国际主义联系在一起,把本民族的解放事业同全人类的解放事业自觉地联系在一起,使本民族的局部利益服从于全人类无产阶级整体利益的需要,为世界革命做出了贡献。同时,中国人民又坚持爱国主义的原则,致力于把本国的事情办好,为履行国际主义提供了强有力的物质基础和精神保证。

正因为如此,我们坚持独立自主的和平外交政策,坚持反对霸权主义,维护世界和平。我们建设有中国特色社会主义,是主张和平的社会主义,要立足于同世界所有国家发展友好合作关系,主张国家不分大小强弱都要相互尊重,平等相待。要努力把自己的事情做好,有所作为,争取为人类做出较大的贡献。

(2)激发爱国之情,实现报国之志

中华民族的爱国主义传统,千百年来,像一条奔腾不息的历史长河,滋润着一代又一代炎黄子孙爱我中华的心田,塑造着中华民族的精神品格和道德风貌,激励着中华儿女为民族的生存发展,为祖国的繁荣富强奋斗不息。历史上所有站在时代前列的人物,不管他生活在哪种社会,出身于哪个阶级,也不管他们主张改革还是革命,都出于对祖国前途命运的关心,无不怀着一腔对祖国的热爱和强烈的责任感。在中国近现代史上任何一次推动历史前进的政治事件,任何一个推动历史前进的杰出人物,无一例外都是爱国主义者。同样,在当今,建设中国特色社会主义现代化事业,更需要我们弘扬中华民族爱国主义的光荣传统,把爱国主义由相互的民族感情升华为民族的理性和良知,提高到新的境界,转化为积极献身祖国社会主义现代化建设事业的实际行动。

第一,要进一步增强爱国主义意识。爱国是不需要任何理由的。每个人都属于自己的祖国,"谁不属于自己的祖国,他就不属于人类。"我们每个人都要在祖国这个经济的、政治的、文化的和社会的特定环境中度过自己的人生。祖国的生存和发展是个人存在和发展的基础,祖国的前途和命运同个人的前途和命运紧密相连。没有祖国,就没有自己的一切。因此,热爱祖国,既是每个公民的崇高职责,又是每个公民所应遵循的基本道德。在社会主义条件下,在我国现阶段,热爱祖国还是一项政治原则。它不仅要求人们自觉遵守,还以国家法律的形式,以政权的力量来保证它的实施。我国宪法第二十四条明确要求:"国家提倡爱祖国,爱人民,爱劳动,爱社会主义的公德,在人民中进行爱国主义、集体主义和国际主义、共产主义的思想道德教育。"宪法第五十二条规定:"中华人民共和国公民有维护国家统一和全国各民族团结的义务。"宪法第五十四条规定:"中华人民共和国公民有维护祖国的安全、荣誉和利益的义务,不得有危害国家的安全、荣誉和利益的行为"。这些体现着爱国主义原则的法律规定,是全国人民的整体利益、根本利益和意志的表现,既是我们每个公民对国家应尽的责任,也是个人对祖国的义务。我们要把爱国主义作为思想道德建设的永恒主题,使"爱祖国"成为时代的主旋律和最强音,进一步增强中华民族的凝聚力。

弘扬和培育民族精神,增强民族生命力、创造力和凝聚力,是当今世界各国、各民族的共同目标和追求。一定要高举爱国主义旗帜,切实搞好理想信念教育。崇高的爱国主义精神,是中华民族精神的核心和灵魂,是中华民族灿烂文化传统中最宝贵的精神财富。培育和弘扬民族精神,最根本的是要在全体干部群众特别是广大青少年中,大力培养爱国主义精神。在当代中国,爱国主义与社会主义是一致的。要使我们的人民群众热爱祖国,热爱党,热爱社会主义事业,牢固树立建设有中国特色社会主义的理想信念。爱国主义和理想信念教育,要体现在学校的教学中,体现在公民的社会生活中,从娃娃抓起,用一整套行之有效的教育方法和行为规范来落实。比如,升国旗、唱国歌活动,成人宣誓仪式,参观爱国主义教育基地等等。文化建设特别是新闻出版、广播影视、文学艺术等各个部门,要把爱国主义精神教育作为重要任务,通过各种生动活泼的形式,通过各类丰富多彩的精神产品,将爱国主义情感渗透到人们的心灵中去,激发人们热爱祖国、为祖国繁荣富强、为中华民族伟大复兴而团结奋斗的责任感和光荣感。

对于每一个社会主义现代化事业的建设者来说,爱国主义具体体现在,要有强烈的爱国之情,报国之责,效国之行,为国献身的崇高精神。强烈的爱国之情,可以激励建设者们树立远大的生活目标,在为远大目标而奋斗中,产生无比的精神力量和聪明才智。报国之责,效国之行,就是在任何情况下,不论遇到任何艰难困苦,绝不动摇对祖国的忠诚,勇敢地承担起社会主义现代化建设的重大责任,投身于祖国的宏伟事业,为彻底改变祖国的面貌而努力奋斗。为国献身就是要无条件的以国家利益为重,以个人利益服从国家利益。为了国家的需要,可以不顾个人的安危得失,为国为民献出自己的一切,甚至自己的宝贵生命,这是爱国主义的最高境界。

第二,要为民族的振兴和国家的富强建功立业。几千年来,我国人民的爱国主义精神从来就是推动祖国社会历史前进的一种巨大力量。它是在中华民族悠久历史文化基础上产生和发展起来的,反过来又给予中华民族的历史发展,给予中国的经济、政治、文化、社会生活的改造和进步以重大的影响。作为一种伟大的凝聚力和向心力,它使中华民族能够经受住无数自然的、社会的难以想象的困难和风险的考验,而一直保持坚强的团结和旺盛的生机。爱国主义精神最基本、最重要的表现,就在于对自己国家经济发展和社会全面进步的追求和贡献,在于真正献身于社会主义现代化的宏图大业。这是因为,经济不发展,国家的富强、社会的进步、文明的提高、人民的幸福,都是不可能实现的,民族的独立也是不巩固的。中国共产党集中全国人民的智慧,确立了全面建设小康社会的奋斗目标。实现这一宏伟目标,是一项伟大的事业,也是一项极其艰巨、需要面对各种困难和挑战的事业。这就更加需要全国人民高举爱国主义的旗帜,锐意进取,自强不息,艰苦奋斗,顽强拼搏,真正把爱国之志变成报国之行,在投身社会主义现代化建设的实践中实现自己的抱负。

当今中国,爱国主义者不仅要热爱祖国的悠久历史、古老文明和壮丽的河山,更重要的是要投身到建设中国特色社会主义伟大事业中去,为民族的复兴和国家的富强建功立业。历史和现实告诉我们,落后便要挨打。发展生产力,尽快提高我国综合国力和人民的物质文化生活水平,是中华民族生存与发展的内在要求,也是广大人民群众的根本利益和长远利益之所在。正如邓小平指出的那样,社会主义阶段的最根本的任务就是发展生产力,社会主义的优越性归根到底要体现在它的生产力比资本主义发展得更快一些,更高一些,并且在发展生产力的基础上不断改善人民的物质文化生活。

我国是劳动人民当家做主的社会主义国家。在社会主义制度下,国家的利益和劳动群众的利益在根本上是一致的。因而只有在社会主义条件下,热爱祖国同热爱人民才获得了完全的一致性,祖国的繁荣昌盛同人民的利益与幸福才获得了完全的一致性。历史上剥削阶级统治下的爱国主义,虽然在一定时期和一定条件下具有进步意义,但都不可能彻底体现国家利益和人民利益的完全一致。从这一方面说,社会主义的爱国主义也体现了人类历史上最进步最彻底的爱国主义。

第三,要坚持从具体事情做起。"对我们的国家要爱,要让我们的国家发达起来。"这是邓小平对我们的谆谆教诲。爱国主义不是一句空洞的口号。我们看一个人是不是爱国,不仅要听他的言谈,更重要的是看他的行动。"清谈误国,实干兴邦"。只有把爱国之情化作报国之志,为民族的振兴,国家的富强,人民的幸福,脚踏实地,勤奋工作,才能为国家的发展做出应有的贡献,也才能实现自己的人生价值。爱国主义并不是要求人人都有惊天动地的伟大壮举,而更需要人们发扬主人翁精神,把对祖国的强烈情感转化为建设祖国的实际行动,立足本职,尽职尽责,为祖国的繁荣昌盛添砖加瓦,贡献力量。在改革开放和现代化建设中,各条战线涌现出许多为国争光、创造了光辉业绩的英雄模范人物,使中华民族的爱国主义传统焕发出新的光彩。北京市公交总公司第一运营公司21路公交车售票员李素丽在15年的售票工作中,模范遵守职业道德,发扬"一心为乘客,服务最光荣"的行业精神,钻研业务,兢兢业业,全心全意为乘客服务,被人民称誉为"盲人的眼睛、病人的护士、乘客的贴心人、老百姓的亲闺女"。新疆维吾尔自治区乌恰县人民医院院长吴登云,积极响应党的号召,志愿到祖国边陲工作,一干就是36年,无怨无悔。他多次放弃回家乡和到条件较好的地方工作的机会,以高尚的医德和精湛的医术,赢得了当地各族人民的衷心爱戴,被誉为"白衣圣人"。我们每一个人都应该像他们那样,立足本职,爱岗敬业,学习新知识,掌握真本领,成为岗位上的行家和骨干,创造出一流的工作业绩,把爱国主义精神体现在一点一滴的实际行动中。

三、团结统一

中华民族是由 56 个民族组成的大家庭。从遥远的古代起,我国各族人民就建立了紧密的政治经济文化联系,共同开发了祖国的河山,两千多年前就形成了幅员广阔的统一国家。民族团结和国家统一,始终是中华民族历史的主流。

1. 团结统一是中华民族立身之本

每一个国家、每一个民族从弱小到强大,有一条历史规律是必然的,那就是国家只有统一才能强大,民族只有团结才能发展。这已经深深印在了中国人的民族意识之中。

(1)团结就是力量

"同心山成玉,协力土变金",这句古话形象道出了团结的强大威力和丰厚回报。团结出凝聚力、出战斗力、出生产力。国家再大,一盘散沙不可称其大;人口再多,拧不成一股绳不能称其强。"千人同心,则得千人之力;万人异心,则无一人之用。"团结就是力量,团结就是胜利。全面建设小康社会,加快推进社会主义现代化,实现中华民族的伟大复兴,必须紧紧依靠全党和全国人民的大团结。

坚持团结,就要高举邓小平理论伟大旗帜,全面贯彻"三个代表"要求。马克思主义是我们立党立国的根本指导思想,是全国各族人民团结奋斗的共同理论基础。否认马克思主义的科学性,丢掉老祖宗,是错误的、有害的;教条式地对待马克思主义,也是错误的、有害的。我们一定要适应实践的发展,用发展着的马克思主义指导新的实践。当前,应结合新的实际,深入学习贯彻"三个代表"重要思想的宣传教育,使广大群众自觉地以这一思想指导自己的思想和行动。只有在这个基础上,我们的民族才能更加朝气蓬勃,更加团结一致,更加富有战斗力。

坚持团结,就要坚持用共同理想动员和团结全国各族人民。建设中国特色社会主义,是现阶段我国各族人民的共同理想。要深入进行党的基本路线、基本纲领和基本经验的教育,把广大干部群众的思想和行动统一到十六大精神上来,把力量凝聚到实现十六大提出的各项任务上来,为全面建设小康社会加快推进建设中国特色社会主义事业而努力奋斗。

坚持团结,就要巩固和发展最广泛的爱国统一战线。统一战线历来是凝聚人心、凝聚力量,为党和国家的总路线、总任务服务的。要通过建立最广泛的爱国统一战线,最大限度地加强广大工人、农民、知识分子以及各民族、各民主党派、各界爱国力量的团结,加强与港澳同胞、台湾同胞和海外侨胞的团结,为现代化建设服务,为实现祖国完全统一服务,为维护世界和平与促进共同发展服务,为实现中华民族的伟大复兴而奋斗。

坚持团结,就要妥善处理好各方面的利益关系。随着改革力度进一步加大,必然带来利益格局的更大调整,各种深层次的矛盾和问题将进一步凸显出来。面对这种情况,要认真做好理顺情绪、化解矛盾、凝聚人心、鼓舞士气的工作,团结一切可以团结的力量,把一切积极因素调动起来,引导人们倍加顾全大局,倍加珍视团结,倍加维护稳定,万众一心,奋发图强,为共同创造我们的幸福生活和美好未来而奋斗。

(2)统一是各民族的共同追求

一个统一的多民族和睦相处的中国,是全体中华儿女的共同追求。在数千年的历史发展过程中,各民族数不清的文化源流共同趋于一个整体,形成了巨大的合力;各民族共同创造了璀璨的中华文明,形成了强大的凝聚力,这些表现在文化意识上就是强烈的民族认同意识。人们常说中国人有特殊的"乡土情结"、"寻根意识",即是指华人的认同意识。这种认同意识构造出中华民族独特的大一统文化和思想,表现为追求国家的统一性和在中华民族面临外来侵略时的空前一致性。

中华民族历来把统一祖国视为"天地之常经,古今之通谊"。中国境内的多数民族尊奉炎帝、黄帝为自己的始祖。在谋求生存和进步的漫长历史年代,各民族相互学习交流、融会聚合,既发展了各民族独特的文化,又共同创造了辉煌灿烂的中华文化。《春秋左传·正义》说:"禹合诸侯于涂山,执玉帛者万国。"这可能是最早的民族大会。那时候,仅在河洛地带,就存在着成千上万个部落或民族。它们中间不断进行着分化聚合,却是合大于分。到商朝时,已减少为3000余国;到西周时,又减少为1700余国;春秋后期,只有十余国;到战国,仅七雄争霸。秦始皇创造了一个多民族统一的大帝国后,多民族国家的统一成了中国历史的大趋势。

尽管我国的民族结构中,汉族占人口大多数,但是,汉族内部实际上也融合了许多少数民族成分,少数民族之中也融进了相当多的汉族成分。汉族和少数民族以及少数民族相互之间是割不断、分不开的。这种有利于统一稳定的民族结构是在长期的历史中形成的。尧舜是东夷之人,大禹和文王来自西羌,他们都成了汉族的祖先。春秋时期的秦、楚、吴、越等国,曾被齐、晋等华夏之邦视为边疆民族,到战国末期,就成了当时汉族的主体部分。一些古代非常活跃的少数民族,后来融合于汉族而发挥了重要的历史作用。比如,建立大唐盛世的唐太宗李世民,就是少数民族的后裔。唐太宗宣称他对汉族和少数民族"爱之如一",少数民族也尊唐太宗为"天可汗",吐蕃首领松赞干布执子婿之礼。统一当然不是一个民族的事情,而是中华各民族共同的伟业。中华民族的每个成员,都为祖国统一做出了自己的贡献。历史是这样前进的:以汉族为主体的政权最先统一中原地区,以各少数民族为主体的政权分别统一东北、蒙古、西北、青藏和西南地区。这种局部的统一逐渐走向整个中华大地的统一。中国共产党成立后,领导全国各族人民为实现国家的完全统一,建立了不可磨灭的功勋。推翻了"三座大山",建立了新中国,对香港、澳门恢复行使主权,为实现国家的完全统一不懈努力,中华民族赢得了在世界上应有的尊严和地位。

国家统一的深厚根基是各民族人民的共同劳动。一般说来,汉族最先开发了黄河流域的陕甘及中原地区,东夷族最先开发了沿海地区,苗族、蛮族最先开发了长江、珠江和闽江流域,藏族最先开发了青海、西藏,彝族和西南各族最先开发了西南地区,东胡族最先开发了东北地区,匈奴、鲜卑、柔然、突厥、回纥、蒙古各族先后开发了蒙古地区,回族和西北各族最先开发了西北地区,黎族最先开发了海南岛,高山族最先开发了台湾。多民族统一国家拥有巨大的优越性。在各民族的共同创造下,向全人类展示了连成一体的中华民族的巨大能力和高超智慧。中华民族认同统一的民族情感和意识,"在世界上是独一无二的"。中华儿女共同创造的五千年灿烂文化,始终是维系全体中国人的精神纽带,也是实现和平统一的一个重要基础。

2. 维护国家统一、民族团结

完成祖国统一大业是中华民族根本利益所在,中国人民将坚定不移地完成祖国统一大业,这是中华儿女不可动摇的共同愿望和决心,是团结统一的民族精神的突出体现。历史的发展表明:国家统一、民族团结,则政通人和、百业兴旺;国家分裂、民族纷争,则丧权辱国、人民遭殃。

(1)世界上只有一个中国

世界上只有一个中国,大陆和台湾同属一个中国,中国的主权和领土完整不容分割。这是海峡两岸坚持一个中国原则的共同基点。

台湾自古以来就是中国不可分割的一部分,中国人最早发现并开发了台湾。在浩繁的中国古代典籍中,台湾先后被称为夷洲、琉求或流求、东鲲等,到明朝时正式的公文中便出现"台湾"这一名称。1895 年 4 月 17 日,日本帝国主义以战争的手段逼迫腐败的清朝政府签订了丧权辱国的《马关条约》,强行攫取了台湾与澎湖列岛,使台湾人民在日本殖民统治下生活了半个世纪之久。1945年 10 月 25 日,台湾与澎湖列岛重归中国版图,台湾同胞从此摆脱了殖民统治的枷锁。1949 年 10 月 1 日,新中国成立后,按照国际法上政府继承的原则,中华人民共和国作为中国的惟一合法政府，理所当然地继承和行使包括台湾在内的全中国的主权。但是，由于众所周知的原因，台湾又与祖国大陆处于分离状态，但这并未改变台湾是中国不可分割的一部分的事实。

解决台湾问题、实现国家统一是中华民族的根本利益所在，是包括台湾同胞在内的所有炎黄子孙的共同心愿。1955年，周恩来公开讲话提出"和平解放台湾"的口号。1963年，周恩来将中国共产党对台政策归纳为"一纲四目"，其核心即台湾必须统一于中国。1979年1月，全国人民代表大会常务委员会发表《告台湾同胞书》，"和平统一中国"成为解决两岸关系的主题。1981年国庆前夕，叶剑英委员长发表讲话，全面、系统地阐述了祖国和平统一的各项具体方针政策，勾勒了"祖国和平统一"的蓝图。1983年，邓小平提出了六条实现中国大陆和台湾和平统一的设想，进一步发展了"一国两制"的科学构想。1992年海协与台湾的海基会达成各自以口头方式表述"海峡两岸均坚持一个中国原则"的共识。1995年1月30日，江泽民同志发表了《为促进祖国统一大业的完成而继续奋斗》的讲话，提出了解决两岸关系的八项主张，表示：我们"希望台湾各党派以理性、前瞻和建设性的态度推动两岸关系发展";"我们欢迎台湾各党派、各界人士同我们交换有关两岸关系与和平统一的意见,也欢迎他们前来参观、访问"。2003年3月11日,胡锦涛同志就做好新形势下的对台工作谈了四点意见:一是要始终坚持一个中国原则;二是要大力促进两岸的经济文化交流;三是要深入贯彻寄希望于台湾人民的方针;四是要团结两岸同胞共同推进中华民族的伟大复兴。中国共产党的几代领导人高瞻远瞩、审时度势,根据各个时期的不同情况,提出了结束海峡两岸分离状态、最终实现祖国统一的政策和具体措施,贯穿其中的核心就是维护国家主权和领土完整,就是坚持一个中国的原则。中国一定要统一,这是中国人民矢志不渝的奋斗目标,这是不可抗拒的历史潮流。

"一国两制"是两岸统一的最佳方式。按照"和平统一、一国两制"的基本方针解决台湾问题,有利于台湾地区的经济社会发展,有利于实现中华民族的伟大复兴。我们已经按照"和平统一、一国两制"的基本方针顺利地解决了香港问题、澳门问题,并将按照这一方针解决台湾问题。我们充分重视台湾与港澳的不同情况,在"一国两制"的框架内,实行比港澳更宽松的政策。事实上,世界上没有任何人比中国政府和人民更关心 2300 万台湾同胞的前途和利益。为了中华民族的整体利益和两岸同胞的根本利益,我们将始终不渝地坚持"和平统一、一国两制"的基本方针,继续贯彻现阶段发展两岸关系、推进祖国和平统一进程的八项主张。我们坚信,根据"和平统一、一国两制"的方针,台湾问题终将得到妥善解决。

坚持一个中国原则,是发展两岸关系和实现和平统一的基础。在这个事关中华民族根本利益的大是大非问题上,我们的立场是坚定的、一贯的。我们提出世界上只有一个中国,大陆和台湾同属一个中国,中国的主权和领土完整不容分割,就是要表明,中国是两岸同胞的中国,是我们的共同家园。早日完成祖国统一大业,实现中华民族的伟大复兴,是海内外全体中华儿女的共同愿望,是中华民族的根本利益所在。我们要坚定不移地坚持"和平统一、一国两制"的基本方针和江泽民同志提出的八项主张,继续推进祖国和平统一进程,为早日解决台湾问题、完成祖国统一大业而奋斗。改革开放 20 多年来,我国现代化建设取得了重大成就,增强了中华儿女的自豪感,也将进一步增强海峡两岸同胞谋求统一的信心。中国政府和人民有决心、有能力早日解决台湾问题,完成祖国统一大业。中华民族现代发展进程中这光辉灿烂的一天,一定会到来。我们要最广泛地团结包括台湾同胞在内的全体中华儿女,共同为实现中华民族的伟大复兴而奋斗。完成祖国统一,是中国人民坚定不移的决心,是我们神圣的历史使命。两岸同胞团结携手,努力奋斗,一定能早日实现祖国的完全统一和中华民族的伟大复兴。一个统一、强大的中国,将使海峡两岸的中国人为自立于世界民族之林而自豪,也必将为世界的和平与发展做出更大的贡献。

促进两岸的经济文化交流和人员往来,符合两岸同胞的共同利益。我们要继续大力开展两岸经济文化交流和人员往来,大力推进两岸直接"三通"。近年来,在海峡两岸同胞的共同努力下,两岸人员往来和经贸、文化等领域的交流与合作,出现新的热潮,取得新的进展。两岸双方已先后加入世界贸易组织,这是进一步发展两岸经贸关系的新契机。面对经济全球化趋势和日益激烈的国际竞争,两岸同胞应携起手来,抓住两岸双方加入世界贸易组织的机遇,共同推进两岸经贸关系的发展,实现两岸直接"三通"。我们主张不以政治分歧干扰两岸经贸交流,限制两岸经济合作的人为障碍,应当尽快拆除,两岸经贸问题应该也完全可以在两岸之间解决。我们将继续努力消除两岸关系中存在的障碍,维护台海和平,推进两岸人员往来和经济、文化等领域的交流,争取实现两岸直接"三通"。合则两利,通则双赢。大力发展两岸经济交流与合作,实现两岸直接"三通",有利于两岸经济的共同繁荣,符合两岸同胞的根本利益。实现两岸直接"三通",势在必行。尽快实现两岸直航,是台湾广大同胞尤其是业者的殷切期望。面向21世纪世界经济的发展,要大力发展两岸经济交流与合作,以利于两岸经济共同繁荣,造福整个中华民族。两岸直接通邮、通航、通商,是两岸经济发展和各方面交往的客观需要,也是两岸同胞利益之所在,完全应当采取实际步骤加速实现直接"三通"。当前,两岸经济发展都面临着难得的历史机遇,同时也面对着严峻挑战。机不可失,时不再来。早日实现两岸直接"三通",不仅是广大台胞、特别是台湾工商业者的强烈呼声,而且成为台湾未来经济发展的实际需要。

解决台湾问题、实现祖国的完全统一,寄希望于台湾人民。2300万台湾同胞,不论是台湾省籍还是其他省籍,都是中国人,都是骨肉同胞,是发展两岸经济文化交流、扩大人员往来的重要力量,也是遏制台湾分裂势力的重要力量。两岸同胞情同手足,血浓于水,任何挑拨都不能疏离我们的感情,任何力量都不能把我们分开。在过去的岁月里,两岸同胞同风雨,共患难,维系了中华民族生生不息的血脉,谱写了一曲曲奋发图强的绚丽篇章。在新的历史时期,两岸同胞加强交流,增进了解,扩大合作,将为反对分裂、维护统一、促进两岸关系发展做出新的贡献。求和平、求安定、求发展,是当前台湾民心所向。两岸合则两利、通则双赢、分则两害,已经为越来越多的台湾同胞所认识。要争取广大台湾同胞理解和支持我们的方针政策,同我们一道共同推进两岸关系和祖国和平统一进程。要充分尊重台湾同胞的生活方式和当家做主的愿望,保护台湾同胞一切正当权益。我们希望台湾岛内社会安定、经济发展、生活富裕;也希望台湾各党派以理性、前瞻和建设性的态度推动两岸关系发展。我们欢迎台湾各党派、各界人士,同我们交换有关两岸关系与和平统一的意见,也欢迎他们前来参观、访问。台湾同胞具有光荣的爱国主义传统,是发展两岸关系的重要力量。我们充分理解台湾同胞实现当家做主的愿望。我们将继续大力推进两岸人员往来和经济、文化等各个领域的交流,切实维护台湾同胞的切身利益。

世界上只有一个中国,台湾是中国的一部分,这是国际社会普遍承认的事实。值得所有中国人警惕的是,近年来台湾岛内分离倾向有所发展,"台独"活动趋于猖獗。"台独"分裂势力以"本土化"为旗号,挑动省籍矛盾,制造社会纷争,进行分裂活动,造成台湾社会的分化、对立和不安。台湾文化的母体和核心是中华文化。"台独"势力企图毒化台湾的思想、文化、教育等领域,企图将台湾文化与中华文化分割开来、对立起来,进而磨灭台湾同胞的中华民族意识。任何制造"台湾独立"的言论和行动,都应坚决反对;主张"分裂分治"、"阶段性两个中国"等等,违背一个中国的原则,也应坚决反对。我们反对台湾以搞"两个中国"、"一中一台"为目的的所谓"扩大国际生存空间"的活动。对于台湾分裂势力以各种蚕食渐进的手法推行"台独",台湾同胞看得很清楚,我们也看得很清楚。搞分裂不得人心。台湾分裂势力的倒行逆施,正在受到两岸同胞和全体中华儿女的坚决反对。

光阴荏苒,台湾与祖国大陆已经分离半个多世纪了。这是两岸同胞的不幸,是全世界炎黄子孙的不幸。无限期地拖延统一,是所有爱国同胞不愿意看到的。我们呼吁所有中国人团结起来,高举爱国主义的伟大旗帜,坚持统一,反对分裂,全力推动两岸关系的发展,促进祖国统一大业的完成。当前,祖国大陆政通人和,百业兴旺,各族人民正紧密团结在以胡锦涛同志为总书记的中共中央周围,为实现党的十六大描绘的宏伟蓝图,为全面建设小康社会,开创中国特色的社会主义事业新局面而努力奋斗。我们坚信,经过两岸同胞的共同努力,祖国的明天会更加美好,国家统一、民族复兴的那一天一定会早日到来!

(2)巩固各民族大团结

新中国成立后,我国彻底废除了旧社会遗留下来的民族压迫制度,实行了民主改革和社会主义改造,彻底消除了各民族社会中存在的原始公社制残余、奴隶制、封建农奴制和封建地主制等各种落后的政治和经济制度,许多少数民族一跃跨千年,走上了社会主义道路。团结统一的民族精神得到了历史性的发扬。

为了巩固各民族的大团结,我国实行了民族区域自治的基本政策。斗转星移,沧桑巨变。从 1947 年我国第一个民族自治区——内蒙古自治区的成立,到《共同纲领》中关于"中华人民共和国境内各民族一律平等"的规定;从《民族区域自治实施纲要》的公布施行,到《中华人民共和国民族区域自治法》正式实施,我国民族区域自治制度已走上了法制化的轨道。特别是改革开放以来我们始终坚持了民族区域自治制度,并不断加以完善。目前,我国已建立 5 个自治区、30 个自治州、120 个自治县(旗),作为民族区域自治制度的一种重要补充形式,还建立了 1200 多个民族乡,全国共有 44 个少数民族实行了民族区域自治。一些历史上长期不被承认的民族得到了承认,成为祖国大家庭中平等的一员。民主改革和社会主义改造的实行,使那些社会形态尚处在原始社会末期、奴隶制度、封建农奴制度下的少数民族实现了历史性的跨越,传奇般地跟上了现代社会前进的步伐。从中央到地方,都有少数民族的代表参政议政,在自治的同时,全面参与国家各项事务的管理。为了巩固、发展和完善民族区域自治制度,根据建立社会主义市场经济体制的要求和实施西部大开发战略的需要,2001 年 2 月全国人大常委会完成了《中华人民共和国民族区域自治法》的修改。这一修改是意义重大的,它不仅对实现少数民族和民族自治地方加快经济文化发展提供了政策保证,而且使我国的民族政策体系在依法治国的发展进程中得到了更加严密的法律保障。

　　巩固各民族的大团结,必须以发展为动力。只有各民族的共同繁荣,才能保证国家的长治久安,进而实现中华民族的伟大振兴。新中国成立之初,党和政府就把少数民族和民族地区的发展作为做好民族工作的重点。早在1950年7月21日,邓小平在欢迎赴西南地区的中央民族访问团大会上的讲话中就强调指出,"实行民族区域自治,不把经济搞好,那个自治就是空的"。1957年8月,周恩来在青岛民族工作座谈会上的讲话中,强调少数民族在社会改革完成以后要集中精力、一心一意搞现代化建设,把经济搞上去,逐步缩小各民族之间的差距。党的十一届三中全会以后,随着全党工作重点转移到经济建设上来,经济工作是民族工作的中心的思想更加明确。1992年,党中央、国务院召开了新中国成立以来第一次中央民族工作会议,确定了九十年代民族工作的主要任务。首要的一条就是加快少数民族和民族地区经济发展,使之逐步与全国的发展相适应。把发展问题突出地放到解决我国民族问题的中心地位,是邓小平从社会主义初级阶段民族问题的实际出发而提出的观点。以江泽民同志为核心的第三代中央领导集体,十分重视加快少数民族和民族地区的发展,提出了中西部协调发展、缩小发展差距的战略,把帮助少数民族和民族地区加快经济发展作为民族工作的根本任务。江泽民同志明确指出,现阶段我国的民族问题,比较集中地表现为少数民族和民族地区迫切要求加快经济文化的发展。在新的历史时期,搞好民族工作、增强民族团结的核心问题,就是要积极创造条件,加快发展少数民族和民族地区的经济文化等各项事业,促进各民族共同繁荣。

现在,少数民族和民族地区的经济社会发生了翻天覆地的变化,民族地区社会政治稳定,经济保持了持续、快速、健康发展,少数民族群众的生活有了显著改善,文教、科技、卫生、体育等各项事业得到了较快的发展,我国的社会主义民族关系不断地巩固和加强。国家在民族地区兴建了一批大型骨干企业,带动民族地区的资源开发;对民族特需用品生产实行保护政策,保证市场供应充足,满足少数民族群众的特殊需要;大力扶持民族贸易发展,促进民族地区商品流通,改善群众生活;积极推进对口支援工作,调动民族地区与发达地区通过联合实现互惠互利的积极性。多年来,国家给少数民族地区以优惠政策,鼓励各民族发挥潜力,自力更生,艰苦奋斗。国家在投资、贷款、税收以及生产、供应、运输、销售等方面都给予民族地区大量的优惠。同时,国家在财力、人力、物力上对少数民族进行必要的扶持。为了帮助少数民族发展生产,国家设立了支持经济不发达地区发展资金、少数民族地区补助费、财政定额补贴等多项专用资金,每年都达数十亿元。特别是西部大开发战略的实施,更好地保证了民族团结和边疆稳定。通过一系列重要举措,重点抓好基础设施和生态环境建设,争取十年内取得突破性进展。积极发展有特色的优势产业,推进重点地带开发。发展科技教育,培养和用好各类人才。国家要在投资项目、税收政策和财政转移支付等方面加大对西部地区的支持,逐步建立长期稳定的西部开发资金渠道。着力改善投资环境,引导外资和国内资本参与西部开发。另外,号召发达地区帮助包括少数民族地区在内的不发达地区。全国各省市分别与边疆民族省区结成了对口支援关系。国家还在民族地区兴建了一批大型骨干企业。所有这一切,都为民族地区跨世纪发展打下了坚实的基础。

应该看到,现在仍有极少数国内的民族分裂主义分子和境外敌对势力相勾结,危害国家的稳定和民族团结。对于破坏民族关系和社会稳定的突发性事件,要及时采取措施,将其消弭在萌芽状态,而对于各民族中的违法犯罪分子,尤其是"藏独""东突"等民族分裂主义分子和国内外敌对势力的渗透破坏,则坚决依法予以打击。国际敌对势力把民族问题和宗教问题作为对社会主义国家实行"西化"和"分化"的突破口,支持和怂恿达赖集团、东突分子等国内外民族分裂势力,企图分裂祖国,干扰和破坏一些地区的民族团结、社会稳定和经济发展。对此,必须保持高度的政治警惕。民族分裂主义是各民族人民的共同敌人,维护祖国统一是国家的最高利益。要全面贯彻宗教信仰自由的政策,最大限度地孤立和依法打击极少数民族分裂主义分子,防范和抵御国外敌对势力的渗透和破坏。反对民族分裂是各族干部义不容辞的职责,只要发现破坏民族团结和祖国统一的活动,大家就要团结起来,坚决加以反对,依法严厉打击。

进入新世纪新阶段,要坚定不移地执行党的民族宗教政策,加快各民族特别是少数民族和民族地区的经济社会发展,促进各民族的共同繁荣。只要各族人民始终同呼吸、共命运、心连心,中国的发展和富强就是任何力量也阻挡不了的。展望未来,我们充满信心,民族地区明天会更美好。

(3)巩固和发展最广泛的爱国统一战线

统一战线始终同中国共产党的前途命运息息相关，是夺取我国革命、建设和改革事业胜利的重要法宝。在新民主主义革命时期，我们党依靠工人阶级同农民阶级的联盟，联合城市小资产阶级和民族资产阶级，结成强大的统一战线，经过长期斗争，推翻了三座大山，建立了工人阶级领导的、以工农联盟为基础的人民民主专政的新中国。新中国成立后，多党合作制度成为我国的一项基本政治制度，统一战线各界人士协助党和政府恢复和发展生产，积极参加土地改革、抗美援朝、镇压反革命等伟大斗争，为巩固人民民主专政、反对国内外敌人、恢复国民经济、实现社会主义改造、推进社会主义建设的事业中，继续发挥了重要作用。

改革开放和现代化建设的实践，对党的统一战线工作提出了新的更高的要求。在新的历史条件下，我们坚持共产党领导和社会主义制度，坚持"长期共存、互相监督、肝胆相照、荣辱与共"的16字方针，多党合作得到加强和扩大，各民主党派、无党派人士和工商联等人民团体在国家政治生活中的积极作用得到进一步发挥。我们坚持以公有制为主体、多种所有制经济共同发展的基本经济制度,公有制经济的实力和国有经济对国民经济的主导作用进一步增强,多种经济成分、经营方式、分配方式共同存在和发展,出现了与社会主义市场经济相伴随的新的经济组织和利益群体。随着我国社会的发展,爱国统一战线已成为全体社会主义劳动者、拥护社会主义的爱国者、拥护祖国统一的爱国者的最广泛的联盟。现在,统一战线的工作范围包括:各民主党派成员,无党派人士,党外知识分子,少数民族人士,宗教界人士,非公有制经济人士,香港、澳门同胞,台湾同胞、去台湾人员留在大陆的亲属和回大陆定居的台胞,出国和归国留学人员,海外侨胞和归侨侨眷,原工商业者,起义和投诚的原国民党军政人员等。统一战线工作的重点是社会有关方面的党外代表性人士。我们要适应我国社会主义初级阶段的发展要求,努力巩固和发展最广泛的爱国统一战线,使海内外中华儿女为实现中国的现代化和中华民族的伟大复兴而达到新的团结和联合。

新世纪新阶段,实现推进现代化建设、完成祖国统一大业、维护世界和平与促进共同发展这三大历史任务,是历史和时代赋予我们的庄严使命。完成这一使命,必须坚持发展我们党领导的最广泛的爱国统一战线,高举爱国主义、社会主义旗帜,团结一切可以团结的力量,调动一切积极因素,化消极因素为积极因素,团结全体中华儿女共同奋斗。统一战线团结的人越多,团结的范围越大,我们的力量就越大,胜利的把握就越大,这是一个根本性的道理。在新世纪,统一战线作为党的一个重要法宝,绝不能丢掉;作为党的一个巨大政治优势,绝不能削弱;作为党的一项长期战略方针,绝不能动摇。只有这样,社会主义中国才能发展和富强起来,中华民族的伟大复兴才能实现。

3. 努力增强全局意识和团结协作精神

增强全局意识,就是要求我们在局部利益和全局利益、眼前利益和长远利益发生矛盾时,牢固树立全国一盘棋的大局观念,坚决服从和顾全大局。加强团结协作,就是要求我们在日常经济社会生活中,牢固树立集体观念,互相支持,互相配合,为一个共同目标而不懈努力。我国各族人民共同劳动、生活和斗争,一起维护着祖国的大好河山,形成了团结统一的民族精神。这种精神,不论是在祖国顺利发展、兴旺发达的时期,还是在祖国面临生死存亡的危急关头,都在捍卫国家主权和维护民族尊严中发挥着重大作用。在新的历史条件下,每一个公民都要树立全局意识和团结协作精神,把团结统一的民族精神不断发扬光大。

(1)牢固树立集体主义思想

"集体"的最根本含义是指人的社会性。人无法摆脱集体,任何个体都必须以一定的社会及其关系作为自己存在的前提。从古至今,脱离社会的孤立的个人是根本不存在的。人们每时每刻处于集体之中,而且人们还总是处于多重关系的集体之中。集体不是若干人的简单组合,而是根据某种共同利益组织起来的社会集团。无论人们处于怎样的团体关系中,都必然要依据利益原则行事。在社会主义条件下,个人与个人之间、个人与社会之间在根本利益上是一致的。

集体主义原则并非古已有之,而是工人阶级先进世界观与传统美德相结合的崭新概念。它作为整个社会的价值导向和道德基本原则,是同社会主义制度相联系的。在社会主义社会,人民当家做主,国家利益、集体利益和个人利益根本上的一致性,使集体主义成为调节三者利益关系的重要原则。实践表明,只有国家、集体的发展和富强才是人民共同富裕的前提和保障,损害国家、集体的利益,最终也必然会损害个人的利益。因此,要保证我国经济社会的快速发展,就必须在全社会大力倡导集体主义精神,人们在经济社会活动中不仅追求个人利益,还要兼顾国家、集体和他人利益;就必须大力提倡顾全大局、团结互助和扶贫济困精神,人们要自觉履行对国家和社会的义务;就必须处理好个人与社会的关系,人们通过自己的劳动,既满足自己正当的利益,又为国家和集体创造财富,最终走向共同富裕。如果背离集体主义原则,人人都把自己看作是目的,把他人、社会看作是达到自己目的的手段,坑蒙拐骗、背信弃义、尔虞我诈、见利忘义,不顾甚至损害国家、集体和他人的利益,那就势必使整个社会陷入利益冲突的一片混乱之中,市场经济且不说发展,正常进行都变得不可能。牢固树立集体主义思想符合人类文明进步的发展趋势。现代科学技术在既分化又综合的发展中,越来越呈现出明显的综合化、整体化的趋势。过去单枪匹马、单干式的工作方式将不再适应时代发展的要求,大项目的实施需要多方面通力合作才能完成。在知识经济的大背景下,更需要人与人之间的合作。因此,在新世纪新阶段,树立集体主义思想,提高人们与人共事的能力,增强团队精神,比任何时候都显得急迫、重要。

(2)正确处理国家、集体、个人的利益关系

牢固树立集体主义思想,就要坚持集体利益高于个人利益;在保证集体利益的前提下,把集体利益和个人利益结合起来;在二者发生矛盾时,个人利益服从集体利益。坚持集体主义原则,就是要引导人们正确认识和处理国家、集体、个人三者利益关系,提倡个人利益服从集体利益、局部利益服从整体利益、当前利益服从长远利益,反对小团体主义、本位主义和损公肥私、损人利己,把个人的理想与奋斗融入广大人民的共同理想和奋斗之中。所谓集体利益,是指在社会主义条件下,由一定劳动者组成的利益集合体(如工厂、商店、学校、部队等),在经济、政治和精神文化诸方面利益的总和。它以促进全社会的物质文明和精神文明建设为基本的道德尺度。同时"集体利益"又是一个相对的概念,在一定意义上,国家利益也是一种集体利益。所谓个人利益,则是指个人的一切正当需求的总和。它首先是指个人的经济利益,同时也包括个人政治权利、精神文化需要等因素。

社会主义的集体利益和个人利益是辩证统一的关系。在以公有制为基础的社会主义社会,广大人民群众是生产资料的占有者和支配者,社会生产的目的,是为了满足劳动者日益增长的物质生活和精神生活的需要,这就从根本上保证了集体利益和个人利益的一致性。社会主义的集体代表着集体中每一个成员的共同利益,没有集体的发展和价值的实现,个人的利益、价值也不可能实现。而集体中每一个成员的活力和能动性的发挥又使集体变得充满活力。

正确处理好国家、集体和个人的辩证关系,就要树立以国家和集体利益为重的思想,时时处处把国家和集体利益放在首位,当个人利益与国家和集体利益发生矛盾时,个人要顾全大局,以国家和集体利益为重,应当为国家和集体利益而放弃个人利益,特别是当国家财产,人民生命安全受到威胁面临危险的时候,个人不仅应当为国家和集体牺牲个人利益,甚至在必要时,牺牲个人宝贵的生命。

正确处理好国家、集体和个人的辩证关系,就要在强调国家和集体利益高于个人利益的前提下,同时强调保障个人的正当利益。在社会主义国家中,集体利益和个人利益本质上是一致的,因而集体利益的实现,本身就包含个人的正当利益的实现。社会主义的集体主义并不否认正当的个人利益,而主张把个人利益和集体利益结合起来。它强调集体(包括国家、民族、社团、政党等)必须充分关心和保护个人的合法权益,使个人的正当利益得到实现,并力求使每一个集体的成员的个性和才能得到最好的发挥,重视个人的正当利益,维护个人的尊严和价值,并使个人的个性得以自由和谐的发展。一方面,只有在集体中,个人才能获得全面发展的手段和获得个人自由;另一方面,只有集体才能为个人利益的满足,全面发展和个人自由的真正实现提供和创造充足的条件。社会主义集体利益本身包含着广大人民群众的各种各样的个人利益,而且是个人利益的基础和源泉。那种认为强调集体主义就会约束个人和限制个人的观点,是毫无根据的。因此为了使集体的事业兴旺发达,我们在强调国家利益和社会利益的同时,更要重视个人的正当利益的满足和个人才华的发挥,重视个人价值的实现,才能更有利于社会和国家利益的发展。

正确处理国家、集体、个人的利益关系,要注意划清个人主义与个人利益以及集体主义与小团体主义之间的界限。既要反对把个人利益、小团体利益凌驾于集体利益、国家利益之上的倾向,又要注意防止借口反对小团体主义、个人主义而忽视职业团体或个人正当利益的倾向。个人主义的核心就是以我为中心,宣扬"个人本位",以"个人为中心",以尊重"个人利益"为借口,为谋求不正当的私利,而置国家利益和集体利益于不顾,与集体主义是大不相溶的。小团体主义就是把小团体的利益当作最高利益,把它置于国家和社会利益之上,片面强调地方、部门和小团体的私利,甚至搞地方保护主义。这种小团体主义、地方保护主义,实际上是放大了的个人主义,与社会主义的集体主义大相径庭。

(3)团结互助,平等友爱

团结统一的民族精神体现在人际关系上,就是要做到团结互助、平等友爱,大力发扬社会主义人道主义精神,尊重人、关心人、爱护人,团结一致、共同行动,互相帮助、互相关心,一方有难、八方支援,做到同呼吸、共命运、心连心。做到团结互助、平等友爱,就要求对每个社会成员的基本权利和人格要予以充分的尊重和爱护。在社会主义社会,每个社会成员都是具有平等权利的主体,任何社会团体、任何个人,都没有侵犯他人人权和侮辱他人人格的特权。要理解和鼓励他人的志向、爱好和追求,能够容忍与自己不同的意见,决不能把他人看作是自己可以任意摆布和驱使的工具,摆出一副贵族官老爷的架子,自恃高人一等,高高在上,盛气凌人,只有把自己放在与别人相同的地位,才能理解别人的喜怒哀乐,才能尊重别人的不同特点。

做到团结互助、平等友爱,就要求每个社会成员之间宽容待人、以诚待人。要将心比心、推己及人,设身处地,多为他人着想,使他人获得快乐和幸福。对每个人的具体生活行为,正常范围内的事情,要多理解,多包涵。只有以诚相待,别人才能尊重你,才愿意与你交往。"书记大姐"——山东小鸭集团党委书记李淑敏,始终注意说到做到,言行一致,以"大姐"身份出现在职工群众中,赢得了大家的信任和支持。但是,宽容并不是没有原则地纵容,对于错误的东西,对于违反国家法规的行为,绝不能听之任之。

做到团结互助、平等友爱,就要求对那些遭到不幸和困难的人们,在道义和物质上给予同情、支持和切实的帮助。这主要包括:对一切病人都要一视同仁,把人的价值看得高于一切,实行救死扶伤的人道主义;对遭受灾难的别国、别地区的人民,各种社会团体和每个社会成员都应该表示道义上的支持,并有义务给予尽可能的物质支援,等等。长期以来,我国各族人民在发展老年人的社会福利事业,残疾人的社会救助工作,对灾区人民的支援,失业人员的救济等方面,表现出了极大的热情和无私的风格。这不仅是社会主义人道主义精神不断得到发扬的表现,也是伟大民族精神不断得到发扬的表现。

四、爱好和平

中华民族是一个爱好和平的民族,在与世界其他民族历史悠远的友好往来过程中,中国为世界和平事业做出了杰出的贡献。在当今复杂多变的国际形势下,中国依然以维护世界和平、促进共同发展为己任,始终不渝地奉行独立自主的和平外交政策,反对霸权主义和强权政治,维护国家的独立、主权和尊严,努力在和平共处五项原则基础上建立国际政治经济新秩序。

1. 爱好和平是中华民族的固有天性

中国是一个历史悠久的文明古国。在中华民族漫长的历史发展进程中,创造了独具特色的传统文化,中国人民对内重视社会的道德教化,主张各民族和睦相处;对外重视睦邻友好,主张各个国家和平共处,成为维护世界和平、促进共同发展的重要力量。

(1)"和为贵"的精神源远流长

在博大精深的中国传统文化中,"和为贵"的思想占有十分突出的位置。早在 3000 多年前,中国的甲骨文和金文中就有了"和"字。西周时期,周太史史伯提出"和实生物,同则不继"的观点。到了春秋战国时期,诸子百家更是经常运用"和"的概念来阐发他们的哲学思想和文化理念:《国语·郑语》中曾说:"商契能和合五教,以保于百姓者也。"这里的"五教"指:父义、母慈、兄友、弟恭、子孝。管子提出"畜之以道,养之以德。畜之以道,则民和;养之以德,则民合。和合故能习,习故能偕,偕习以悉,莫之能伤也。"他把"民和"作为民众道德的直接体现。老子提出"知和曰常,知常曰明"。墨子提出"兼爱"、"非攻",主张强不凌弱,富不压贫,维护和平,反对侵略。孔子在《论语》中提出"礼之用,和为贵"的思想。《尚书·尧典》曾提出了一种人类的理想模式:"克明俊德,以亲九族,九族既睦,平章百姓,百姓昭明,协和万邦。"这个模式要求由近及远,逐步搞好团结,依次协调各种关系,直至"协和万邦",使普天下各民族、各邦国团结无间、亲如一家,它代表了中国古代统治者"和为贵"的治国思想。孟子提出

"天时不如地利,地利不如人和"。荀子提出"万物各得其和以生"。《中庸》提出"和也者,天下之达道也"。"和"不是盲从附和,不是不分是非,不是无原则的苟同,而是"和而不同"。古往今来,大到国,小至家,上至帝王将相,下到黎民百姓,人们都非常重视"和为贵"这个问题。"同僚贵和","政通人和","父子和而家不败,兄弟和而家不分,乡党和而争讼息,夫妇和而家道兴","和气致祥,乖气致戾",等等相关的名言、警句广为流传,并曾出现过许多"化干戈为玉帛"的历史佳话。

西汉时期,封建统治者就长期实行了和亲政策,这也反映了中华民族"以和为贵"、"以亲为荣"的民族凝聚力。其中最著名的是,汉元帝"以后宫良家女王嫱字昭君赐单于",呼韩邪单于与汉朝立下盟约:"自今以来,汉与匈奴合为一家。"从此"边城晏闭,牛马布野,三世无犬吠之警,黎庶亡干戈之役。"昭君在这样的历史条件下出塞和亲,成为两个民族之间真诚友好的"和平使者"。从西汉到东汉,两汉王朝建立之初即组织军队复员,这反映了中国统治者在统一后"刀枪入库,马放南山"的和平思想。汉高祖曾颁发诏令,鼓励军队官兵复员转民,从事生产劳动。光武帝也曾遣散地方军队,大规模精兵简政,减轻人民的兵役。事实上,无论是秦皇、汉武,还是唐宗、宋祖,中国历代的封建统治者对外都采取的是防御的战略,这就是为什么中国历代帝王都热衷于修葺长城的原因。对于和平,人民群众也始终充满渴望。思想家们宣扬"小国寡民"的治国之道,诗人们描述"桃花源"中的幸福生活,中国的对外交流更多的是通过经济、文化的互通有无,而不是战争,人民歌颂和平、向往田园诗般的幸福生活。

"和为贵"的思想是中华民族的理论独创,突出和强调了各种关系的融通和凝聚,强调世界万事万物都是由不同方面、不同要素构成的统一整体。在这个统一体中,不同方面、不同要素相互依存、相互影响,相异相合、相反相成。由于"和"的思想反映了事物的普遍规律,因而它能够随着时代的变化而不断变化,随着社会的发展而不断丰富其内容。现在,我们所说的"和为贵",包括了和谐、和睦、和平、和善、祥和、中和等含义,蕴涵着和以处众、和衷共济、政通人和、内和外顺等深刻的处世哲学和人生理念。

"和为贵"作为中华民族普遍具有的价值观念和理想追求,对中国人民的生活、工作、交往、处世乃至内政和外交等各个方面都产生了深刻的影响。表现在人与自然的关系上,强调"天人调谐",人是大自然和谐整体的一部分,又是一个能动的主体,人必须改造自然又顺应自然,与自然圆融无间、共生共荣;表现在人与人的关系上,要求"和睦相处",待人诚恳、宽厚,互相关心、理解,与人为善、推己及人,建立团结、互助、友爱的人际关系;表现在人与社会的关系上,崇尚"合群济众",社会由个人所组成,个人离不开社会,应当尊重个性、鼓励个人的追求和创造,又必须融入集体、把个人的目标同社会的需要结合起来;表现在各个国家的关系上,倡导"协和万邦",国家间应当亲仁善邻、讲信修睦、礼尚往来,不能以大欺小、以强凌弱、以富压贫,国际争端要通过协商和平解决,各国之间应在平等相待、互相尊重的基础上发展友好合作关系;表现在各种文明的关系上,主张"善解能容",各种文明都是人类文明的组成部分,都对人类文明做出了贡献,不应当相互排斥,而应当彼此尊重、相互学习、保持特色、共同进步。

(2)积极发展同世界其他民族的友好往来

中国自古以来就有积极同世界其他民族友好往来的传统。早在西汉时期,张骞出使西域,使我国和中亚、西亚各国的经济文化交流日益频繁。通过"丝绸之路"的传播,中国的漆器、冶铸和穿井技术就是在这时传到欧洲的。唐朝时中国与日本、印度等周边国家的友好往来不断,鉴真、玄奘、义净等为中外文化交流做出了重要贡献。明朝时郑和七下西洋,发展了中国与亚非各国人民的传统友谊和频繁的经济文化交流。历史上,中国与世界各国特别是周边国家的交往,基本上是通过和平的方式进行的,这些交往使世界上的其他民族和国家的文明得到进一步的发展。以"四大发明"为例:中国的造纸术于东汉末传到朝鲜,七世纪后传到日本、印度支那,在公元751年唐与大食国的战争后,阿拉伯人才掌握了中国造纸术。中国的活字印刷术从13世纪起外传,欧洲人在中国发明了这种技术400年后的1450年才用于印行圣经。13世纪,阿拉伯人在同蒙古人交战中知道了火箭、火炮的制造和使用。后来欧洲人通过翻译阿拉伯人的书及同阿拉伯人做战,学会了制造火器。指南针是在12世纪末经海路传到阿拉伯的,13世纪才传入欧洲。中国的造纸术和印刷术为西方文化的传播提供了极为有利的条件,火药则使西方封建制度崩溃。指南针为新兴资产阶级指明了一条财运亨通的道路。中国四大发明的传入成为欧洲冲破中世纪黑暗的曙光、近代文明赖以建立的重要基础。

新中国成立以来,特别是改革开放以来,我国积极加强同广大发展中国家的团结合作,致力于改善和发展同西方发达国家的关系,多边外交日益活跃,与世界各国的对外交往进一步扩大。

在中美关系方面,1993 年 11 月,在西雅图亚太经合组织领导人非正式会议期间,江泽民主席与克林顿总统正式会晤,成为中美关系朝着积极方向稳步发展的转折点。1997 年和 1998 年,江泽民主席与克林顿总统成功互访,增进了两国的相互理解。1999 年,中美关于中国加入世贸组织的双边谈判,在平等互利和互谅互让的基础上取得了"双赢"的结果。对美方侵犯中国主权、干涉中国内政的行径,中国进行了有理、有利、有节的斗争,既坚持维护国家主权和民族尊严的严正立场,又从维护两国长远关系的战略大局出发,妥善处理危机,保持了中美正常关系的框架。

在中俄关系方面,20 世纪 90 年代以来中俄两国建立起相互信任的友谊,中俄关系不断深化。1994 年,中俄宣布互不将战略核武器瞄准对方。1996 年,两国宣布建立平等信任、面向 21 世纪的战略协作伙伴关系。随之,中俄总理定期会晤机制、中俄元首非正式会晤机制先后启动;中俄东、西两段的边界勘界工作于 1998 年全部结束;2001 年,两国元首正式签署了《中俄睦邻友好合作条约》,为两国友好合作奠定了法律基础。

在中欧关系方面,1995 年起,欧盟先后提出了《中国——欧洲关系长期政策报告》和《欧盟对华新战略》,标志着欧盟同中国在政治、经贸及其他领域建立起独立的、全面的长期合作关系。1998 年,中国——欧盟领导人年度会晤机制正式确立,并就建立面向 21 世纪的长期稳定的建设性伙伴关系达成了共识。高层互访与经贸合作的不断加强,增进了彼此的理解与信任。

在中日关系方面,1998 年在中日和平友好条约缔结 20 周年之际,江泽民主席对日本进行了国事访问,实现了中国国家元首历史上首次对日本的访问。双方宣布建立致力于和平与发展的友好合作伙伴关系。中日关系本着"以史为鉴、面向未来"的精神平稳发展。

在睦邻友好关系方面,中国与所有邻国发展了长期稳定的睦邻友好关系,成为好邻居、好伙伴。中国同俄罗斯与中亚邻国 1997 年起即通过"上海五国"机制开展反对民族分裂主义、国际恐怖主义及宗教极端主义的地区合作。在此基础上建立的"上海合作组织",标志着一个以互信求安全、以互利求合作的新型区域性合作组织诞生。中国与东南亚各国的关系,在经历了1997年亚洲金融危机之后进一步深化,负责任的大国形象在东南亚深入人心。中国与东盟十国分别签署了加强双边合作的框架文件;确立了中国与东盟面向21世纪睦邻互信伙伴关系;建立中国——东盟自由贸易区的工作也已启动。

同时,中国与朝鲜、韩国和南亚各国的关系稳步推进,同非洲、拉美国家的友好合作取得新的成果,与阿拉伯各国和其他伊斯兰国家的友好关系进一步发展。1991年加入亚太经合组织以来,中国积极全面参与了亚太经合组织的各项活动,江泽民主席参加了所有十次领导人非正式会议,在江泽民主席的倡导下,形成了以相互尊重、平等互利、自主自愿、协商一致为核心的"亚太经合组织方式",为建立公正合理的国际经济新秩序提供了极富有价值的借鉴。中国政府倡议召开了"中非合作论坛——北京2000部长级会议",中非建立起集体对话机制。中国还与南非、埃及、巴西、墨西哥等发展中大国及不结盟运动等发展中国家组织进一步加强磋商,维护共同利益。

中国作为联合国安理会常任理事国,在国际事务中发挥了独特的建设性作用,成为维护世界和平、促进共同发展的一支重要力量。1997年的亚洲金融风暴,使许多亚洲国家遭受强烈冲击。中国在这场危机中,从大局出发,坚持人民币不贬值,并提供力所能及的援助,为稳定国际金融形势做出了重大贡献。"9·11"事件发生后,中国迅速对形势做出正确判断,坚持反对一切形式的恐怖主义,积极参与国际反恐合作,推动联合国和安理会发挥主导作用。中国主张反恐应目标明确,证据确凿,标本兼治,不能搞双重标准,不能将恐怖主义与特定的民族或宗教挂钩。中国的立场和行动体现了和平、公正的大国形象,受到国际社会的广泛好评。

2. 维护世界和平、促进共同发展

维护和平,促进发展,事关各国人民的福祉,是各国人民的共同愿望,也是不可阻挡的历史潮流。中国外交政策的宗旨是,维护世界和平,促进共同发展。党的十六大报告指出:"我们愿同各国人民一道,共同推进世界和平与发展的崇高事业。"这是我们国家坚定不移的原则立场。不管世界风云如何变幻，我们始终不渝地奉行独立自主的和平外交政策。

(1)坚持独立自主的和平外交方针

中国自古就有"君子和而不同"的思想。和谐而又不千篇一律，不同而又不相互冲突。和谐以共生共长，不同以相辅相成。和而不同，是社会事物和社会关系发展的一条重要规律，也是人们处世行事应该遵循的准则，是人类各种文明协调发展的真谛。大千世界，丰富多彩。事物之间、国家之间、民族之间、地区之间，存在这样那样的不同和差别是正常的，也可以说是必然的。因此，世界各种文明、社会制度和发展模式应相互交流和相互借鉴，在和平竞争中取长补短，在求同存异中共同发展。

新中国成立以来，我们国家就始终不渝地奉行独立自主的和平外交政策。1953 年 12 月 31 日，周恩来在北京接见印度谈判代表团时，针对中印两国间存在的问题，特别是印度与中国西藏地方关系中存在的问题，首次提出和平共处五项原则，并希望以五项原则为基础，妥善处理两国关系，1954 年 4 月 29 日，中印双方经过谈判达成《关于中国西藏地方和印度之间的通商和交通协定》，其序言中明文写道："双方同意基于(一)互相尊重领土主权、(二)互不侵犯、(三)互不干涉内政、(四)平等互利、(五)和平共处的原则,缔结本协定。"这是和平共处五项原则首次以文字形式见诸国际条约,该协定在序言中把和平共处五项原则确定为指导两国关系的准则。

和平共处五项原则是一个不可分割的有机联系的整体。第一项是："互相尊重主权和领土完整"。主权是国家的根本属性和独立的重要标志。主权系指在一个国家内的最高统治权力。领土是国家行使主权的空间。领土完整是指领土的不可分割,不被吞并等。所以,尊重一国主权,就必须尊重该国的领土完整;侵犯一国领土,就是破坏该国主权。主权独立和领土完整是世界上一切国家生存和发展的最根本条件,自然也是各国进行平等自由交往的必要前提条件。这是和平共处五项原则中最主要的一项。第二项是"互不侵犯",这是第一项原则的保证和补充。第三项"互不干涉内政",是第一项内容的引申和保证。称得上内政者,是指一国人民在本国内享有的不受任何外来干扰和约束的行为。一个国家不能将自己的意志强加给另一个国家。每个国家都有选择自己政治制度和信仰的自由,别国无权干涉。前三项都为维护主权独立和领土完整的原则。第四项是"平等互利"。这一项是指主权独立的国家间在进行政治、经济、文化等方面交往时必须遵循的原则。所谓平等,是指国不分大小、强弱,在交往中都必须以主权国家相待,实行对等的、公正的原则。所谓互利,指各国在经济贸易交往中遵循国际公认的合理原则,互通有无,不以损害、剥削它国为目的,各自从中获得双方都自愿认可的利益。第五项是"和平共处"。此项是前四项内容的结论,只有做到前四项,各国之间才能实现和平共处。这一项原则也具有自己的特定含义。它包括国与国之间和平相处,如果国与国之间发生争端,应以和平方式,通过协商解决问题,而不诉诸武力。这种和平共处,友好协商的精神,应广泛应用于国际社会中。

经过50多年中国对外关系实践和国际关系的实践检验,和平共处五项原则已经成为中国对外关系的基本方针和国际法的基本准则,并被普遍接受。在促进世界和平与国际友好合作方面发挥了巨大作用。历史证明:和平共处五项原则是普遍适用的国际关系准则。不同意识形态和社会制度、不同经济发展水平的国家如果能够遵循和平共处五项原则,就完全可以建立起相互信任和友好合作的关系;如果违反和平共处五项原则,即使意识形态和社会制度相同的国家,也可能发生对抗,甚至武装冲突。因此,和平共处五项原则是国与国之间建立和发展关系的基础,这是颠扑不破的真理。

进入新的世纪,面对复杂的国际形势,我们主张顺应历史潮流,维护全人类的共同利益。我们愿与国际社会共同努力,积极促进世界多极化,推动多种力量和谐并存,保持国际社会的稳定;积极促进经济全球化朝着有利于实现共同繁荣的方向发展,趋利避害,使各国特别是发展中国家都从中受益。

我们主张建立公正合理的国际政治经济新秩序。各国政治上应相互尊重,共同协商,而不应把自己的意志强加于人;经济上应相互促进,共同发展,而不应造成贫富悬殊;文化上应相互借鉴,共同繁荣,而不应排斥其他民族的文化;安全上应相互信任,共同维护,树立互信、互利、平等和协作的新安全观,通过对话和合作解决争端,而不应诉诸武力或以武力相威胁。反对各种形式的霸权主义和强权政治。中国永远不称霸,永远不搞扩张。

我们主张维护世界多样性,提倡国际关系民主化和发展模式多样化。世界是丰富多彩的。世界上的各种文明、不同的社会制度和发展道路应彼此尊重,在竞争比较中取长补短,在求同存异中共同发展。各国的事情应由各国人民自己决定,世界上的事情应由各国平等协商。

我们主张反对一切形式的恐怖主义。要加强国际合作,标本兼治,防范和打击恐怖活动,努力消除产生恐怖主义的根源。

我们将继续改善和发展同发达国家的关系,以各国人民的根本利益为重,不计较社会制度和意识形态的差别,在和平共处五项原则的基础上,扩大共同利益的汇合点,妥善解决分歧。

我们将继续加强睦邻友好,坚持与邻为善、以邻为伴,加强区域合作,把同周边国家的交流和合作推向新水平。

我们将继续增强同第三世界的团结和合作,增进相互理解和信任,加强相互帮助和支持,拓宽合作领域,提高合作效果。

我们将继续积极参与多边外交活动,在联合国和其他国际及区域性组织中发挥作用,支持发展中国家维护自身的正当权益。

(2)反对霸权主义和强权政治

维护世界和平、促进共同发展是世界人民共同的心愿,但这并不意味着战争已进了历史博物馆,也不意味着世界已实现共同发展。和平与发展仍然是人类不懈追求的目标,解决这两大问题的进程仍然坎坷曲折,反对霸权主义和强权政治依然任重道远。

在新的历史条件下,国际上的霸权主义有各种各样的表现,是危及世界和平与发展的主要根源。妄图建立由西方价值观主导的世界,竭力推行单边主义,四处插手,干涉别国内政,导致了一些国家和地区矛盾激化,局势紧张。除了政治上的霸权以外,经济霸权、文化霸权和科技霸权也恣行无忌。西方大国依靠对跨国公司和国际金融组织的控制,依靠它们的经济实力,干涉第三世界国家的经济主权,操纵股市和金融市场,在第三世界制造混乱、浑水摸鱼。它们通过电影、电视、流行音乐、畅销书等加强文化渗透,影响第三世界的下一代。它们通过掌握关键技术和制定新技术规范的权利,控制第三世界的通讯网络和现代化进程,危及第三世界国家的安全。总之,在新的历史条件下,霸权主义已经从昔日公开的强权政治和军事弹压发展到新技术条件下温文尔雅的算计和圈套。随着新世纪的来临和新技术革命的发展,第三世界发展的机遇会越来越多,但是,受霸权主义和强权政治侵害和操纵的可能性也越来越大。世界新秩序只有在对霸权主义的斗争中才能来到。

霸权主义和强权政治祸乱世界,维护和平必须反对霸权主义和强权政治。中国人民将永远站在被压迫的国家和民族一边,同霸权主义进行坚决的斗争,为推动建立公正合理的国际政治经济新秩序,促进人类和平与发展的崇高事业而不懈努力。霸权主义和强权政治之所以敢于粗暴地干涉别国内政,甚至不惜发动战争,践踏和平,根本原因是依仗自己拥有的经济实力、科技实力和军事实力。财之不丰,兵之不强,国无以立。反对霸权主义和强权政治的斗争使我们更加坚定了一定要奋发图强、集中精力把经济搞上去的决心。面对世界范围内的经济、技术、国防竞争,我们必须埋头苦干,排除干扰,锐意进取,加快发展,掌握先进科学技术,不断增强经济实力、科技实力、国防实力。我们要坚定不移地坚持独立自主的和平外交政策,在和平共处五项原则基础上发展同所有国家的友好合作关系。我们坚决反对霸权主义和强权政治,在涉及国家主权、尊严和安全的原则问题上绝不让步,同时也要同包括西方国家在内的所有国家在和平共处五项原则基础上,在各个领域中建立和发展友好合作。

(3)中国永远不称霸

在国与国关系上,中国向世界郑重声明,中国永远不称霸,永远不搞扩张。不称霸,主要是指中国的睦邻政策以和平共处五项原则为核心,坚持与邻为善,以邻为伴,加强区域合作。与周边国家的关系向来有"协和万邦"的历史传统,对待周边国家更是强调"亲仁善邻,国之宝也"。新中国成立后,中国外交的一项重要任务,就是要促使周边国家与中国建立和保持睦邻关系,尽可能地创造一种良好的周边安全环境,以便中国能够集中精力进行国内经济建设,并努力维护国家的统一与领土完整。在新中国的外交实践中,逐步形成了一套完整的睦邻政策,营造了较好的周边安全环境。

改革开放以来,中国把发展、稳定与周边国家睦邻友好关系作为对外政策的既定方针和外交工作的重点。中国同周边国家关系经过不断调整现在正处在稳定健康发展中。1989 年中苏关系正常化;苏联解体后中俄关系迅速发展,两国首脑互访频繁,边界问题基本解决。1996年双方建立了面向21世纪的战略协作伙伴关系,合作增强。2000年7月,中俄签署了《中华人民共和国和俄罗斯联邦北京宣言》和《中华人民共和国主席和俄罗斯联邦总统关于反导问题的联合声明》。一度恶化的中越关系于1991年实现关系正常化,双方关系迅速发展。中日关系尽管不时受到严重干扰,但是一直正常发展。中国与东盟关系也得到了突破性的发展。此外,中国与蒙古、印度的关系也有新的发展。苏联解体后,中国相继同独联体国家建交,特别是和接壤的哈萨克斯坦、吉尔吉斯斯坦、塔吉克斯坦更是及时建立了外交关系。在这期间中国不失时机地解决了与一些周边国家的边界问题。始于1964年的中苏边界谈判,到1992年先解决了东段边界问题,1994年又签署了《中俄国界西部边界协议》。此后,中国和哈萨克斯坦的边界问题也得到妥善解决。与此同时,中国还与一些接壤国家如印度等建立信任措施,保持边界地区的和平安定。从稳定大局出发,我国对南沙群岛问题,在坚持主权属我的前提下,尽可能与有关国家达成共识,减少了由领土争端而导致武装冲突的可能性。中国重视和东盟进行政治磋商,加强安全对话,促进经济合作。中国还积极为维护朝鲜半岛及东北亚地区的和平与稳定做出了建设性贡献。

中国奉行的睦邻政策有力地促进了中国与周边国家的经济贸易合作。中国与周边国家的经济贸易合作有着巨大的优势。中国经济规模大,经济发展处在上升时期。从发展的眼光看,中国不仅可以为周边国家提供市场,也可以为其提供资金和技术。中国与周边国家都面临着发展经济的共同要求,同时也面临着环境、资源、人口等问题的挑战与威胁,因而需要加强合作以共同对付威胁。中国与周边国家发展经济贸易合作不仅有利于各自国内的经济发展,而且对中国稳固周边安全环境具有战略意义。中国与亚太地区的相互依存性日趋明显,中国经济发展离不开亚太,而中国的经济发展对亚太经济繁荣也起着日益增强的牵引作用。中国对国际社会的贡献也首先体现在维护本地区的稳定、促进本地区的繁荣。现在,中国积极参与了"上海合作组织"、"东盟地区论坛"、"亚太经合组织"的各项活动,中国还积极参与东北亚安全机制的建立,随着中国参与国际体系的进一步加强和中国综合国力的显著增长,一个更加有利的周边环境必将出现。

中国是维护世界和平与稳定的重要力量。中国人民向来热爱和平,即使在国力最强大的时候,也没有对其它国家构成威胁。相反,近代以来,中国人民饱受西方列强的蹂躏,备尝贫困落后与战乱之苦,渴望在和平与稳定的国际环境下一心一意地发展自己的经济和各项社会事业,更不会把自己所经历过的苦难强加于他人。尤其是,中国作为一个社会主义国家,把与世界各民族的和平共处、共同发展作为自己的本质要求,反对霸权主义,自己也不与任何国家结成军事联盟,永远不称霸。中国在国际格局中所具有的重要地位不是自封的,更不是通过同它国的军事联盟刻意造出的,而是和中国本身的地位、分量、尤其是独立自主的和平外交政策所带来的影响力和威望分不开的。作为联合国安理会常任理事国,中国对国际事务中的重大决策拥有相应的影响力。中国在国际组织中日益活跃,多边外交不断发展。中国作为第三世界的一员和最大的发展中国家,在利用自己的身份,代表第三世界利益,维护第三世界国家权利方面发挥着不可替代的作用。同时,对于极少数国家逆历史潮流而动,公然违背联合国决议和国际惯例,损害中国主权和领土完整的行径,我们进行了必要的反击,取得了良好效果。

3. 以稳定促发展，以发展求和平

进入新世纪，国际局势发生了冷战结束以来最深刻的变化，不稳定因素增加。但从总体上看，和平与发展作为时代主题没有改变，世界多极化的趋势没有改变，我国面临的国际环境依然是机遇大于挑战。一定要抓住机遇，加快发展，集中力量把经济建设搞上去，为弘扬和培育伟大的民族精神奠定坚实的物质基础。

(1)和平与发展是当今时代的主题

每个历史时代，都有自己的主要矛盾，都有需要解决的根本任务。这个主要矛盾和根本任务就是那个时代的主题。不同的时代具有不同的时代主题。

20世纪上半叶，资本主义世界处于激烈的动荡之中。帝国主义国家之间为争夺世界霸权，发动了两次世界大战。战争促进了被压迫人民和民族的觉醒，社会主义革命风起云涌，民族解放和民主革命运动如火如荼。战争与革命相互交织，构成了这个时代的主题。

20世纪后期，世界形势开始发生重大变化，形成了有利于维护和平、促进发展的总趋势。面对国际形势的这种新变化，邓小平以敏锐的洞察力深刻地指出：世界战争可以避免，"现在世界上真正大的问题，带全球性的战略问题，一个是和平问题，一个是经济问题或者说发展问题。和平问题是东西问题，发展问题是南北问题。概括起来，就是东西南北四个字。"根据"和平与发展是当代世界两大主题"的判断，邓小平对我国外交战略进行了重大调整。他主张在国际事务中一切从中国人民和世界人民的根本利益出发，坚持独立自主的和平外交政策，反对霸权主义，维护世界和平，促进共同发展，创造一个长期、稳定的国际和平环境。在 20 世纪 80 年代末和 90 年代初，东欧剧变、苏联解体，国际关系进入新旧格局交替的历史大变动时期。邓小平以其非凡的洞察力，驾驭全局，适时提出冷静观察、稳住阵脚、沉着应对、广交朋友、决不当头、韬光养晦、有所作为等一系列指导方针，为中国外交顶住逆流指明了航向。

20 世纪 90 年代以来，以江泽民同志为核心的第三代领导集体继承并创造性地贯彻邓小平外交思想和独立自主的和平外交政策，把维护国家的主权和安全放在第一位。积极谋求在和平共处五项原则基础上同世界各国发展友好合作关系，共同推进国际政治、经济新秩序的建立，我国的国际地位进一步提高。空前活跃的新时期外交,开创了中国外交全新的辉煌局面:进一步加强同发展中国家的团结与合作,创造良好的周边环境,构筑相对稳定的大国关系框架,积极开展多边外交,促进区域合作,为祖国的社会主义现代化建设营造了越来越有利的国际环境,推进了祖国统一大业。中国正以一个负责任的大国形象进一步融入世界,被国际社会公认为一支维护世界和平、促进人类共同繁荣和发展的重要力量。

和平问题与发展问题相互交织、密不可分。发展离不开和平,和平也离不开发展。一方面,世界和平是促进各国共同发展的前提条件,没有和平就没有发展。另一方面,各国的共同发展是保持世界长久和平的重要基础。当今世界,国际局势总体和平、局部战争,总体缓和、局部紧张,总体稳定、局部动荡。人类和平与发展的崇高事业,虽面临着不容忽视的挑战,但前景光明。世界各国的共同利益明显增多。在经济全球化背景下,整个世界越来越紧密地联系在一起。重视发展战略已成为各国的主要政策取向。一个国家和民族在世界舞台上能不能站稳脚跟,能否对人类发展有所贡献,关键取决于经济和社会发展程度。不论发达国家,还是发展中国家,不论资本主义国家,还是社会主义国家,都意识到综合国力特别是经济实力在国际关系中的重要作用。正如江泽民同志指出:"经济优先已成为世界潮流,这是时代进步和历史发展的必然。当前对每个国家来说,悠悠万事,惟经济发展为大。发展不但关乎各国国计民生,国家长治久安,也关系到世界的和平与安全。"

中国是一个发展中国家,为了推进现代化建设,尤其需要一个稳定和谐的国际环境。中国共产党和中国人民始终同世界上一切爱好和平与自由的人民一道,共同致力于促进世界和平与发展的崇高事业,并将努力做出自己应有的贡献。改革开放以来,中国以维护世界和平和促进共同发展为对外政策的首要目标,以独立自主为对外政策的根本立足点,以和平共处五项原则为处理国与国关系的基本准则,以加强和第三世界国家的团结与合作、发展与周边国家睦邻友好合作关系为对外工作的重点,全面对外开放,同西方国家发展平等互利关系,积极倡导建立一个和平稳定、公正合理的国际政治经济新秩序。主张各国有权根据本国国情,独立自主地选择自己的发展道路,别国无权干涉;主张各国不分大小、强弱、贫富都是国际社会的平等成员,任何国家都不应该谋求霸权;主张既反对恐怖主义,又反对霸权主义,不能因为反恐而放弃反霸,也不能因为反霸就放弃反恐;主张以和平方式解决国家之间的一切分歧或争端,而不应诉诸武力或以武力相威胁,通过对话协商增进相互了解和信任,通过双边、多边协调合作,逐步解决彼此间的矛盾和问题;主张在平等互利基础上同各国加强和扩大经济、科技、文化的交流与合作,促进共同发展与繁荣,反对经济贸易交往中的不平等现象和各种歧视性政策与做法。这一系列正确的外交政策,使中国赢得了世界上越来越多国家的尊重与赞誉。中国以自己的实际行动,为维护世界和平、反对霸权主义和强权政治,为解决地区争端、缓和地区紧张局势,发挥了巨大作用。

现阶段,世界多极化和经济全球化趋势的发展,给世界的和平和发展带来了机遇和有利条件。新的世界大战在可预见的时期内打不起来。争取较长时期的和平国际环境和良好周边环境是可以实现的。但是,不公正不合理的国际政治经济旧秩序没有根本改变。影响和平与发展的不确定因素在增加。传统安全威胁和非传统安全威胁的因素相互交织,恐怖主义危害上升。霸权主义和强权政治有新的表现。民族、宗教矛盾和边界、领土争端导致的局部冲突时起时伏。南北差距进一步扩大。世界还很不安宁,人类面临着许多严峻挑战。中国是一个发展中国家,要居安思危,增强忧患意识,关键是要把中国自己的事情做好。发展是硬道理。只有发展,才能实现全面建设小康社会的宏伟目标,进一步提高人民的物质文化生活水平;只有发展,才能实现新世纪推进现代化建设、完成祖国统一、维护世界和平与促进共同发展三大历史任务;只有发展,才能增强我国的综合国力,实现中华民族的伟大复兴。

(2)稳定压倒一切

江泽民同志指出,社会稳定了,才能把我们的事情办好,经济才能发展,人民才能安居乐业,生活才能逐步改善。改革开放以来,党和政府把维护社会稳定放到了十分重要的位置,提出"稳定压倒一切"。这是每个中国公民的利益所在,是中国繁荣富强的根本保证。要深化改革、扩大开放、加快社会主义现代化建设步伐,就一定要有稳定的社会环境。没有稳定的政治和社会环境,一切都无从谈起,多么好的规划都难以实现。正是在党中央这一重要方针的指引下,我国的改革开放和社会主义现代化建设取得了举世瞩目的成就,人民群众的物质生活和精神文化生活得到了很大的改善，中国的国际地位得到了空前的提高。我们要以"三个代表"重要思想为指导，从维护最广大人民群众的根本利益出发，像爱护自己的眼睛一样爱护安定团结的大好局面；像维护自己的生命那样维护来之不易的社会稳定。

社会稳定是人心所向，维护稳定就是维护人民群众的根本利益。维护社会稳定，必须以发展先进生产力为前提和基础，坚持以经济建设为中心，坚持改革开放，不断促进先进生产力的发展，为改善人民生活、化解社会压力、解决各种困难和矛盾提供充裕的物质基础。维护社会稳定，必须满腔热情地解决人民群众工作和生活中的实际问题，区别不同情况，加强思想政治工作，正确运用经济、行政、法律等各种手段妥善处理人民内部矛盾特别是涉及群众切身利益的矛盾，依法严厉打击各种犯罪活动，防范和惩治邪教组织的犯罪活动，坚决扫除社会丑恶现象，切实保证人民的生命和财产安全，保持安定团结的局面。

维护社会稳定，必须大力发展面向现代化、面向世界、面向未来的，民族的科学的大众的社会主义文化，坚持以科学的理论武装人，以正确的舆论引导人，以高尚的精神塑造人,以优秀的作品鼓舞人,不断丰富人们的精神世界,增强人们的精神力量,为社会稳定提供思想保证、社会规范和智力支持。维护社会稳定,必须首先考虑并满足最大多数人的利益要求,不仅要考虑广大人民群众的承受力,而且要考虑如何使社会成员普遍受益、共同享受社会发展的成果,保证人民群众基本生活需求的满足和基本生活水平的持续提高,使党的路线、方针和政策得到广泛认同和接受,得以顺利实施,使我们党获得广泛而牢固的群众支持,巩固党的执政地位,从而保持社会稳定。

(3)抓住机遇加快发展

发展是硬道理。实现全面建设小康社会的宏伟目标,进一步提高人民的物质文化生活水平,要靠发展;增强我国的综合实力,实现中华民族的伟大复兴,要靠发展;实现祖国的完全统一,要靠发展;促进世界和平与发展的崇高事业,也要靠发展。必须充分利用本世纪头20年的重要战略机遇期,充分利用总体上对我国有利的国际形势和周边环境,紧紧抓住发展这个执政兴国的第一要务,聚精会神搞建设,一心一意谋发展。

抓住机遇，加快发展，最根本的就是要坚持以经济建设为中心，根据世界经济科技发展新趋势和我国经济发展新阶段的要求，不断开拓促进先进生产力和先进文化发展的新途径。发展必须坚持和深化改革，一切妨碍发展的思想观念都要坚决冲破，一切束缚发展的做法和规定都要坚决改变，一切影响发展的体制弊端都要坚决革除。发展要有新思路，要坚持扩大内需的方针，实施科教兴国和可持续发展战略，实现速度和结构、质量、效益相统一，经济发展和人口、资源、环境相协调。在经济发展的基础上，促进社会全面进步，不断提高人民生活水平，保证人民共享发展成果。

抓住机遇，加快发展，必须始终坚持对外开放的基本国策。要适应经济全球化和加入世贸组织的新形势，坚持"引进来"和"走出去"相结合，在更大范围、更广领域和更高层次上参与国际经济技术合作和竞争，充分利用国际国内两个市场，优化资源配置，拓宽发展空间，以开放促改革促发展。在不断发展变化的国际政治经济环境中，我们必须善于趋利避害，抓住机遇，迎接挑战，加快发展。对有利条件，我们要准确把握、充分利用，发挥我国的比较优势，更好地把"引进来"和"走出去"结合起来，努力扩大出口,积极引进技术、资金、人才和先进的管理经验,不断开拓国际市场和利用国际资源,加快我国发展的步伐。对困难和风险,我们要清醒认识,妥善应对,采取有效措施,努力克服困难、防范风险,把不利影响减少到最低程度,确保我国经济的稳定发展和安全。

抓住机遇,加快发展,必须大力开发人才资源。高素质人才是生产力中最活跃、最革命的因素,也是先进文化的主要创造者和主要承载者、传播者。加速开发人才资源,必须认真贯彻科教兴国战略,坚持人才强国方针,把教育摆在优先发展的战略地位,加大国家和社会对教育的投入,开辟多层次、多方面的人才培养渠道,提高教育水平。同时,必须高度重视学习型社会的创建,真正把它作为事关中国现代化全局和中华民族长远发展的国家战略抓紧实施,努力形成全民学习、终身学习的学习型社会,尽快培养和造就数以千万计的专门人才和一大批拔尖优秀人才,培养和造就数以亿计的高素质劳动者,为加快发展提供强有力的人才支撑。

抓住机遇,加快发展,必须加速科技创新步伐。当今时代,科学技术不仅成为生产力发展的加速器,而且也成为先进文化发展的重要载体和新的生长点。进入新的世纪,新科技革命突飞猛进,高新技术特别是信息技术更加深入而广泛地渗透于经济社会发展之中,人类生产活动和社会生活开始进入信息化和智能自动化时代。面对这种形势,我们必须加快科技进步与创新的步伐,核心是加快高新科技产业特别是信息产业的发展,通过重点加强超大规模集成电路、高性能尖端计算机、超高速网络系统、大型系统软件等核心技术的产业化建设,尽快实施电子政务、电子商务,使政府行政管理、社会公共服务、企业管理和金融、财税等普遍实现数字化、网络化,与国际接轨,与世界同步。开拓促进先进文化发展的新途径,也离不开科技进步与创新。当前蓬勃发展的文化产业是文化与高科技联姻的结晶,文化产业的迅速崛起是当代科技进步和经济全球化条件下文化发展的一个趋势。及时运用科技创新成果推动文化产业建设,是实现我国文化产业跨越式发展的重要突破口。

抓住机遇,加快发展,必须继续深化各项改革。在所有制结构的改革上,要坚持"两个毫不动摇",在毫不动摇地巩固和发展公有制经济的同时,毫不动摇地鼓励、支持和引导非公有制经济的发展。要清除各类歧视性规定,放宽民间资本的市场准入领域,在投融资、税收、土地使用和对外贸易等方面,给予非公有制经济同公有制经济同等的待遇。再如,在分配制度的改革上,要确立劳动、资本、技术和管理等生产要素按贡献参与分配的原则,完善按劳分配为主体、多种分配方式并存的分配制度,坚持效率优先,兼顾公平,真正形成让一切劳动、知识、技术、管理和资本的活力竞相迸发,让一切创造财富的源泉充分涌流的机制。

发展贵在一心一意。发展的过程是一个积累的过程,只有一心一意、坚持不懈,才能聚少成多、变弱为强。应当聚精会神,不能心猿意马;应当一以贯之,不能半途而废。但要做到这一点,并不容易。就当前的国内外形势看,我们面临的环境十分复杂。一方面,世界多极化和经济全球化趋势在曲折中发展,给世界和平与发展带来了机遇和有利条件,但不公正不合理的国际政治经济旧秩序没有根本改变,影响和平与发展的不确定因素在增加;另一方面,我国的改革开放和现代化建设正处在一个承上启下的阶段,改革、发展、稳定的任务都十分繁重。前进道路上的问题和矛盾有可能分散我们的精力,甚至阻碍我们的发展。这就要求我们进一步强化发展意识,无论遇到什么样的困难和挫折,都要坚持发展不动摇。

一心一意谋发展,既要坚持解放思想、实事求是、与时俱进,又要力戒心浮气躁、急功近利;既要坚持和深化改革,不断开拓先进生产力和先进文化发展的新途径,又要相信和依靠人民群众,集中全社会的智慧和力量,调动一切积极因素,创造良好的社会氛围。只有这样,才能形成人人为发展献计、个个为发展出力的生动局面。

五、勤劳勇敢

中华民族历来以勤劳勇敢著称于世。劳动是创造一切财富的源泉。勤劳是一切事业成功的基本前提,是一切民族兴旺发达的重要保证。而勇敢是和勤劳紧密相联的,无论是艰苦卓绝地改造自然,还是前赴后继地改造社会,无论是披荆斩棘地开创家园,还是择善固执的立业修身,勤劳都必须与勇敢同行,勇敢是勤劳的"开路先锋"。因此,在中国传统文化中,勇敢是和智慧、仁义并列的三大美德之一,成为中华民族精神的鲜明特征。

1. 勤劳勇敢是中华民族的优良品格

"民生在勤,勤则不匮"。中国人民历来视勤劳为立身立国之本,倡导"克勤为邦,业广惟勤"。"忧劳可以兴国,逸豫可以亡身",讲的是治国之道;"汗滴禾下土,粒粒皆辛苦",讲的是稼穑之难;"业精于勤,荒于嬉"讲的是立事之途;"勤则难朽,逸则易坏",讲的是修身之法。"见义不为,无勇也"。中国人民历来崇拜有勇有谋、智勇双全。勇者无惧,道出了勇敢的精神力量;"狭路相逢勇者胜",道出了勇敢的实践功效。"率义之谓勇",只有为了正义事业,为了真理而不惧权势,不畏强暴,不怕孤立,不顾利害,不计生死,才称得上大勇、真勇。有勇无谋,徒逞匹夫之勇,那是与勇敢精神完全不相干的两码事。正是由于对于勤劳勇敢有独到的理解并身体力行,所以中国人民能够在人类历史发展的进程中创造出辉煌的物质文明和精神文明,为世界文明做出杰出的贡献。热爱劳动,勇敢斗争,成为一种深受赞扬和鼓励的美德,代代相传而逐渐成为一种持久的稳定的因素,一种深厚的民族精神。

(1)勤劳是中华民族兴旺发达的重要保证

古人不仅很早就认识到了勤劳之重要,亦明白"为政如耕"的道理,将一种原本是人类生存的立身之道,上升为一种治国平天下的立国之道,赋予勤劳以更加深刻的内涵。春秋时,一个叫子牢的人要到一个地方去上任,他向朋友请教管理方面的经验。朋友告诉他:"有一年,我种了几亩庄稼,可是耕种、锄草的时候都很马虎,结果那年收成很不好。第二年,我深耕细锄、细心照料,终于获得大丰收。管理方面的事就像种庄稼一样,你得用心、勤快,不要懒惰、马虎。"

为政如此,为学之道更是如此。中国古代四大发明自不必说,仅就张衡制造浑天仪而言,就曾经付出了艰苦的努力。他先经过长期的观测和研究,才设计出一个制作方案来。在具体制作前,他又先用竹削成薄薄的篾片,在篾片上刻了度数,再用针线把这些篾片穿钉起来,制成一个模型。又经过反复试验、修改,最后才用铜铸成正式的仪器。在他绘制的历史上第一份星图上面,相当精确地标出了 2500 颗恒星的位置。不难想象,他为了绘制星图,一定坚持了长期细致的天象观测,度过了许多的不眠之夜。而《徐霞客游记》的写成,也是徐霞客付出了很大的牺牲和艰苦的努力之后才取得的。他一生的绝大多数时间,都是抛妻别子,在野外考察中度过的。他常年在人迹罕至的深山丛林中徒步跋涉,登危崖、历绝壁、涉洪流、探险洞,风餐露宿,甚至遇盗绝粮,出生入死。但无论在什么情况下,他都坚持把当日的考察经历记下来,从不间断。

这样的事例,不胜枚举,世代相习,薪火相传。从传说中愚公移山、大禹治水,到"途穷不忧,行悟不悔"的徐霞客,再到铁人王进喜"拼死也要拿下大油田",中国人民以其勤劳勇敢、刻苦耐劳的精神,建设祖国、创造中华文明的雄心壮志和笃实行动,不畏艰险,世代相承地开发祖国的自然资源,改造祖国的山山水水,不断丰富和发展中华民族的物质文化财富,为人类文明做出了自己的巨大贡献。诚如杜伦在《东方的文明》一书中所说,"中国,经过 3000 年的兴衰胜败,几度覆灭,几度重建,它在最繁荣时期所体现的物质与精神的活力,今天仍可捕捉得到:世界上没有一个民族能像中国人那样,富有生机,聪明智慧,有极强的环境适应能力,抵抗得住病痛的袭击,忍受得住灾难与痛苦,经过历史的磨难后,以沉静的忍耐力等待着复兴。拥有如此体质、精神的民族,很难想象,加上现代的工业设备后,会创造出怎样的文明来? 很可能跟美国一样富有,也很可能与古代的中国一样,在繁华和艺术上,居世界领先地位。"

(2)勇敢是中华民族精神的鲜明特征

中华民族是一个有着悠久的勇敢精神传统的古老民族,中华民族儿女的脉管里,一直流淌着勇敢的血液。中国古代思想家对于什么是勇敢,勇敢的不同类型、层次、境界,勇敢和智慧、仁义的关系等等,都有大量的论述,认为不同的人所达到的道德层次和修养境界不同,对勇敢的含义的理解也不一样。只有为了正义事业、为了真理而不惧权势、不计生死,才称得上大勇、真勇。所以说,勇敢精神突出体现着贯穿中华古今的蓬勃朝气、昂扬锐气和浩然正气。南宋民族英雄文天祥的《正气歌》,正是这样一首令人荡气回肠的中华民族浩然正气的颂歌,一首令人热血沸腾的中华民族勇敢精神的赞歌。勇敢精神既是一种永不消歇的精神状态,又是一种活生生的现实存在和行为模式。作为一种行为模式,它贯注于人的生命流程中,化为具体的行为实践和社会活动。

公元前138年,张骞受汉武帝之命出使西域。张骞率领一百多人,从今甘肃临洮出发,前往大月氏(阿富汗北部、阿姆河流域),没想到中途遭到匈奴扣押。张骞始终不忘使命,在滞留匈奴11年之后,终于逃脱出来,继续前无古人的西进之路。先后到达了现在的乌兹别克、塔吉克、阿富汗等地。公元前126年,张骞回到长安,最后完成了他"凿通西域"的历史使命。这次张骞出使西域,历时13年之久,出发时100多人,回来时只剩下他和随从甘父两个人了。其间,他们不仅受了11年的拘禁之苦,而且穿越了茫茫的大沙漠,翻过了冰雪覆盖、人迹罕至的帕米尔高原,经历了无数的艰难险阻。但他们以无比的勇气,惊人的毅力,终于完成了这一人类文化交流史上的创举。这是我国也是世界历史上有确凿记载的一次人类最早的探险和旅行。张骞第二次出使西域,前行的更远,"丝绸之路"传诵着他大无畏的探险精神。

一旦祖国的主权或领土受到侵犯,真正的勇敢者总是能够挺身而出,走向保家卫国的战场,与侵略者进行殊死的斗争。"拼将十万头颅血,须把乾坤力挽回"、"金瓯已缺总须补,为国牺牲敢惜身?"是他们行为的生动写照。面对八国联军的气势汹汹,义和团的勇士们予以迎头痛击,"你有钢枪盒子炮,我有长予和大刀"、"洋枪洋炮全不怕,洋人脑袋大搬家",他们同仇敌忾,打得侵略者晕头转向,狼狈不堪。在保卫天津的战斗中,由女青少年组成的"红灯照"始终活跃在硝烟弥漫的战场上。"红灯女儿,一入兵阵,视死如归,惟恐落后",杀得侵略者闻风丧胆。抗日战争时期,爱国将领何基沣将军在喜峰口战役前夕,与所部将士慷慨陈词:"国家多难!民族多难!吾辈受人民养育深恩之军人,当以死报国,笑卧沙场,何惧马革裹尸还?战死者光荣,偷生者耻辱!"他身先士卒,挥大刀与敌血战。当时"宁为战死鬼,不做亡国奴"的口号响彻云霄,砍死砍伤日寇近3000人,大灭了帝国主义的威风。仁人志士所表现出的"死得其所"的英雄气概,是中华民族勇敢精神的最强者。

为了民族的解放,为了革命的胜利,为了人民的安康,红军18勇士铁索过江,狼牙山五壮士自坠悬崖,江姐坦然面对酷刑,董存瑞手举炸药包,黄继光胸堵机枪眼,邱少云烈火中永生,欧阳海车轮前神情不变,邹延龄敢向长天问路,张华哪怕屈身粪池……28年的浴血奋战,50多年的革命与建设,20多年的改革开放,民族的英雄、共和国的勇士们,将是一份难以开列的长长的名单,生者不老,逝者长存。特别是面对非典型肺炎这场突如其来的重大灾害,一批又一批的医护工作者恐后争先,冒着生命危险奋战在抗击病魔的最前线。没有恐慌,没有退缩,医护工作者以其对疫病的蔑视、对职业道德的忠诚,诠释着中华民族勇敢精神的最新内涵。

2. 牢固树立勤劳勇敢的思想

全面建设小康社会的奋斗目标,赋予了勤劳勇敢精神以新的时代内涵。展望前程,我们必须要树立长期艰苦奋斗的思想,上下一心,踏实创业;必须要以大无畏的革命英雄主义气概,去应对和克服前进道路上的各种艰难险阻;还必须要牢固树立全心全意为人民服务、无私奉献的观念,淡泊名利,甘于默默地奉献与创造,以光辉的业绩去迎接宏伟目标的实现。

(1)保持艰苦奋斗的优良作风

历史和现实都表明,一个没有艰苦奋斗精神做支撑的民族,是难以自立自强的;一个没有艰苦奋斗精神做支撑的国家,是难以发展进步的;一个没有艰苦奋斗精神做支撑的政党,是难以兴旺发达的。勤劳勇敢的中华民族一向尊崇、赞美、提倡艰苦奋斗精神。在五千年的华夏文明历史长河中,艰苦奋斗、勤劳节俭的精神造就了一代又一代刻苦耐劳的人民群众和顶天立地的民族英雄,使古老的中华文明历五千年而不衰,饱经沧桑而不败。无论是先秦和隋唐时期的兴盛于世,还是"康乾盛世"的令世人注目,无不是因为勤劳智慧的中华民族依靠艰苦奋斗创造了许多领先于世界的物质文明、政治文明和精神文明,民族实力亦居于世界民族之林前列。中国之所以被称为世界文明古国,也正是因为如此。正如江泽民同志所说:"中国古代文明的发展,是中华民族艰苦奋斗、自强不息的结果。"

一个国家要发展,一个民族要振兴,任何时候都离不开艰苦奋斗。一百年前,中国深陷于半殖民地半封建社会的困境之中,忍受着大大小小帝国主义列强的百般欺凌和宰割。一部中国近代史,可以说是一部民族的屈辱史,也是一部中国人民前赴后继、流血牺牲的艰苦奋斗史。为了改变国弱民穷的悲惨状况,中国人民进行了长期的艰苦卓绝的斗争。从龚自珍的睁眼看世界,到义和团、太平天国的民族性抗争,直到孙中山领导的资产阶级民主革命,才推翻了两千年的封建专制制度。但在中国搞起来的多党制,如国民党、立宪党、进步党,结果却变成了拉帮结派、党同伐异;搞起来的议会,结果除被一群政客吵吵嚷嚷外,对国民的实际利益却一无所补。后来,还闹出曹锟贿选总统的丑剧。"无数头颅无数血,可怜购得假共和。"直到中国共产党领导的新民主主义革命,经过28年的浴血奋战,到1949年,中国人民才终于真正站起来了。经过改革开放,中国人民又进一步富了起来,中国的主权和独立自主地位得到了世界各民族的普遍尊重。

中国共产党从成立之日伊始,就继承和发扬了中华民族艰苦奋斗的传统美德,使之与党的性质、奋斗目标和根本宗旨紧密结合起来,给这一传统美德注入了新的内容,使之发展到一个新境界,提高到一个新水平,形成了反映共产党本质特征的艰苦奋斗的优良作风。艰苦奋斗是中国共产党不断走向胜利的法宝。在中国共产党八十多年的历程中,艰苦奋斗作为强大的精神力量,始终激励着全党顽强进取、百折不挠,在各种困难和考验面前巍然屹立、敢于胜利。可以说,中国共产党是靠艰苦奋斗起家的,也是靠艰苦奋斗发展壮大、成就伟业的。历史反复证明,只有保持艰苦奋斗、自强不息的民族精神,中华民族才能全面振兴,伟大的祖国才能完全统一。当今世界,以经济和科技为基础的综合国力竞争日益激烈,霸权主义和强权政治伺机抬头,天下并不太平,和平与发展的时代主题面临着严峻的挑战。西方资本主义世界的霸权主义和强权政治不会改变,"西化"、"分化"中国的图谋不会改变,挤压、遏制中国的战略不会改变。在这样的形势下,我们要使中华民族屹立于世界民族之林,就一刻也不能放弃艰苦奋斗、自强不息、励精图治的民族斗志。如果因为改革开放和现代化建设取得了一点成绩,就沾沾自喜、盲目乐观,丢掉艰苦奋斗、自强不息的光荣传统,甚至贪图安逸,追求享乐,就会失去难得的发展机遇,在激烈的国际竞争中被淘汰。此外,我们还必须清醒地看到,我国是一个发展中国家,人口多,底子薄,生产力水平比较低。21 世纪,我国进入了全面建设小康社会,加快推进社会主义现代化建设的新的发展阶段。越是伟大的事业,越充满着艰辛;越是崇高的事业,越需要奋斗和创造。要战胜前进道路上的各种风险与考验,加速实现社会主义现代化,彻底改变历史遗留下来的贫穷落后的面貌,实现中华民族的伟大复兴,我们必须坚持不懈地大力发扬艰苦奋斗、自强不息的民族创业精神。

"历览前贤国与家,成由勤俭败由奢"。从一般意义上讲,苦当然不是一件好事,但换一个角度,从人生修养来看,苦又是人生的老师,是一笔巨大的财富。在新的形势和新的任务面前,我们只有像革命前辈那样,吃苦耐劳,负重前行,才能发扬光大艰苦奋斗、勇往直前的创业精神,也只有这样才能创造出更加光辉的业绩。作为社会主义精神文明的重要组成部分,艰苦奋斗精神,从本质上讲是共产主义理想信念的体现,是无产阶级性质的体现,是全心全意为人民服务根本宗旨的体现。对广大党员特别是党的各级领导干部来说,它绝不仅仅是一个道德问题、经济问题、工作作风问题，而是一个严肃的政治问题，是事关社会主义现代化建设事业兴衰成败的问题。正是在这个意义上，江泽民同志指出，艰苦奋斗是一个干部、特别是高级领导干部必须具备的基本政治素质。每一个党的领导干部，都要廉洁奉公，艰苦奋斗，做到无论在何种情况下都忠诚于党和人民的事业，不改变革命的初衷。对此，我们必须引起高度重视，并结合新的实践，在新的征程上，大力弘扬艰苦奋斗精神。

艰苦奋斗不是抽象的口号，而是具有具体的、丰富的、科学的内涵，而且伴随着时代的发展和历史的前进，不断充实、丰富和发展自身。战争年代，由于环境残酷，战斗频繁，艰苦奋斗精神主要表现为一不怕苦，二不怕死，冲锋陷阵，勇敢杀敌。建国初期，由于百业待兴，整个国家处于迅速恢复国民经济阶段，艰苦奋斗精神主要表现为艰苦朴素，勤俭节约，吃苦在前，享受在后。在全面建设社会主义时期，艰苦奋斗精神主要表现为脚踏实地，埋头苦干，不计名利，任劳任怨。在今天改革开放的新时期，随着客观条件的变化，艰苦奋斗不再是被动地在贫困中挣扎，或者消极地忍受苦难的折磨，而是一种积极主动的革命性和创造性相结合的进取精神和开拓精神。它蕴含着崭新的表现形式和时代特征。这种艰苦奋斗，不是提倡人们为艰苦而艰苦，更不是否定物质利益原则，让人人都成为苦行僧，而是要求人们去创造财富、创造幸福。这种艰苦奋斗，也不仅仅是指从事艰苦的体力劳动，而是要求人们在从事任何劳动包括脑力劳动时，都要奋力拼搏，克服艰难险阻，争取创造性的最大劳动成果。这种艰苦奋斗，更不是指那种不讲科学、不计成本、不讲效率、不遵循客观规律的蛮干，而是按客观规律办事，是想方设法提高效率，是只争朝夕地推动历史的前进。这样的艰苦奋斗，是一个动态的不停息的过程。

当年，方志敏烈士在国民党的牢狱里曾经写下这样一段话："为着阶级和民族的解放，为着党的事业的成功，我毫不稀罕那华丽的大厦，却宁愿居住在简陋潮湿的茅棚；不稀罕美味的西餐大菜，宁愿吞嚼刺口的苞粟和菜根；不稀罕舒服柔软的钢丝床，宁愿睡在猪栏狗窠似的住所！……一切难以忍受的生活，我都能忍受下去！这些都丝毫不能动摇我的决心，相反地是更加磨炼我的意志！我能舍弃一切，但是不能舍弃党，舍弃阶级，舍弃革命事业。"正是这种革命精神，激励着共产党人走过了从井冈山到北京城的漫漫征途。随着改革的发展，国力的增强，我国人民的生活水平正在提高,像方志敏笔下的那种粗陋的生活,已经成为历史记忆,现在,我们提倡的艰苦奋斗,当然并不是一定要像方志敏烈士所写的那样,也并不是为艰苦而艰苦,也不要求大家去过那样的生活,让人们专找苦吃。全国人民的生活水平都在向小康接近甚至已经超过,没有理由独独把共产党员排除在外。但是,无论生活水平提高到什么程度,艰苦奋斗、勤俭节约的传统不能丢,昂扬的崇高的精神状态不能变。我们党提倡人们通过劳动、奋斗去创造美好生活,但即使物质条件有了很大的改善,可以在一定限度内改善现有生活,也决不能就此奢侈浪费、懒惰懈怠。

党的十六大全面分析了党在新世纪所面临的新形势新任务,明确提出了"全面建设小康社会,开创中国特色社会主义事业新局面"的奋斗目标。现在,目标已经确立,蓝图已经绘就。要实现宏伟目标,把蓝图变成美好的现实,还需要全党同志和全国各族人民团结一致,艰苦奋斗。能否保持锐意进取、艰苦奋斗的精神状态,不仅关系到我们党的形象,也关系到中国特色社会主义事业的成败。正如胡锦涛同志所说:面对复杂多变的国际局势,国内繁重艰巨的改革、建设任务和我们党肩负的庄严使用,我们没有任何理由陶醉于已有的成绩而稍有懈怠,没有任何理由固步自封而止步不前,没有任何理由满足现状而不思进取。全党同志特别是各级领导干部必须清醒地看到激烈的国际竞争给我们带来的严峻挑战,清醒地看到我们肩负的任务的艰巨性和复杂性,清醒地看到我们工作中存在的困难和风险,增强忧患意识,居安思危,深刻认识坚持艰苦奋斗的极端重要性,牢固树立为党和人民长期艰苦奋斗的思想。

(2)发扬大无畏的革命英雄主义

一个没有英雄的民族,是一个不值得称道的民族;一个不能再造英雄的民族,则是毫无希望的民族。在优秀的传统文化体系中,大无畏的革命英雄主义是其重要组成部分,也是最为耀眼、最为感人的优良精神之一。英雄主义代表了人的意志和行为的特殊形式,它意味着英雄者承担超常的艰巨任务或使命,克服极为特殊的困难。神话中的英雄被描绘成有超人的力量,如开天辟地的盘古,如逐日的夸父,如无头的刑天。后世者虽不能把自己变成神话英雄,却可以从他们那里获得成为现实英雄的重要精神营养。因此,中华民族从来就不缺乏英雄。质疑"王侯将相,宁有种乎"的陈胜、吴广,秦皇汉武、唐宗宋祖、成吉思汗……,数不胜数。

但我们这里所讲的革命英雄主义同上述英雄主义不同,它是中国共产党人及其他革命者在艰苦的革命斗争中、在你死我活的战争中所表现出来的英雄气概和人格特质,是一种伟大而坚强的意志力。其主要特征是为了革命事业而英勇顽强、勇于进取、视死如归。"惜秦皇汉武,略输文采;唐宗宋祖,稍逊风骚。一代天骄,成吉思汗,只识弯弓射大雕。俱往矣,数风流人物,还看今朝。"一方面,革命英雄主义不是盲动、蛮干,不是乱逞能,它推崇的英雄不是草莽,而是对伟大而合理的目标的执着追求,是一种"下定决心,不怕牺牲,排除万难,争取胜利"的拼劲和韧劲,甚至做出生命的牺牲。汉奸汪精卫也是一生坎坷,历尽千辛万苦,为什么他非但没有英名,反有骂名呢?很显然,个人英雄的感染力是极其有限的,个人的野心和小集团的利益同样会激发人的所谓英雄气概,但这种气概是苍白无力的,有时甚至是可憎可耻的。黄继光、邱少云、罗盛教、杨连弟等英雄,他们本是贫穷的农家子弟,是抗美援朝志愿军的普通战士,但他们把自己的血肉之躯献给了抗美援朝的正义战争,用鲜血和生命支援了朝鲜人民,在共和国建立初期保卫了家园、捍卫了祖国。因此,半个世纪之后,他们仍然活在中朝两国人民的心里。黄继光的肉体被敌人野蛮的机枪撕烂了,但黄继光的精神却摧垮了敌人的精神支柱,一切邪恶和逆历史潮流而动的丑恶行径,在他的凛然正义面前瑟瑟发抖。无情的烈火夺去了邱少云的生命,但邱少云的精神却在烈火中得到永生。为了挽救一位素不相识的朝鲜少年崔滢的生命,罗盛教跳进了刺骨的冰河,在摄氏零下20度的严寒中救人,在超过人身的极限后,罗盛教离开了这个世界,但他的生命却在被救少年崔滢的身上得到延续。黄继光、邱少云、罗盛教,虽然被机枪、烈火和刺骨的冰水夺走了生命,但却成就了崇高的精神。在烈士们面前,凶顽的敌人和严酷的自然界,都变得微不足道,野蛮的机枪、熊熊的烈火、刺骨的冰水,这一切都成为了英雄的衬托。

另一方面,革命英雄主义是一种集体英雄主义,它诚然尊重个人的价值,肯定个性追求的合理性,鼓励创新,但是它反对像有些人那样为了显示自己而故意标新立异,哗众取宠,反对为了一己私利而巧取豪夺,打家劫舍。它首先肯定人民群众的无穷力量和作用——群众是真正的英雄,认为杰出的个人不过是广大人民群众中的一员。其次它强调集体的巨大力量——不仅集体本身会成为英雄,个人也只有参与集体才能成为名副其实的英雄。中国史上的草莽英雄,绿林好汉,盗世奸雄,何止千万?但由于时代与目标的局限,他们不可能有革命英雄那样的震撼力和感染力。而抗美援朝战争中的英雄何以无畏?英雄的精神何以感人至深?是因为英雄的个人英雄主义吗?不是。诚然,英雄的个人品格和仁勇素质是令人敬仰的。抗美援朝英雄之所以无畏,他们的精神之所以感人,根本的原因就在于,在他们英雄行为的背后是正义的抗美援朝战争,是不畏强暴、捍卫国家主权和民族尊严的永恒的正义战争,是粉碎美帝国主义称霸世界的野心、维护世界和平和人类生存环境的浩然正气。在英雄的背后是中朝两国人民,在英雄的身上凝结着中朝两国人民的向往和梦想,那是近一个世纪以来,渴望民族独立、国家强盛的梦想。黄继光、邱少云、罗盛教等人将个人融入了社会历史,融入了时代的最强音,因此,他们的英雄行为本身便是历史,他们的英雄形象永垂不朽。

"红军不怕远征难,万水千山只等闲。"一句远征难,不知概括了多少难以想象的艰难困苦,超长途行军,体力极度疲惫之难,缺衣少食,疾病伤痛之难,千崖万壑,攀援跋涉之难……而国民党反动派数十万大军的围追堵截,更使得远征难上加难。然而,面对这种种困难,红军战士的态度只有坚定有力的两个字:不怕。只有红军,只有共产党领导下的这支军队才如此具有战胜一切艰难险阻的勇气和能力。飞夺泸定桥是红军长征路上一次极为惊心动魄的战斗。大渡河是太平天国石达开大军覆灭之地,蒋介石希望他的部属们建立"殊勋",在此置红军于死地。但红军以飞夺泸定桥的革命英雄主义壮举,粉碎了蒋介石的幻想。红军战士冒着枪林弹雨,从高悬的铁索桥上攀援而过,消灭了敌人,牢牢控制了这一咽喉要道,使得蒋介石的阴谋彻底破产。毛泽东对指战员们说:我们的行动已经证明,中国共产党领导的红军不是太平军,我和朱德也不是"石达开第二"。"五岭逶迤腾细浪,乌蒙磅礴走泥丸。金沙水拍云崖暖,大渡桥横铁索寒。更喜岷山千里雪,三军过后尽开颜。"这是何等的大无畏,这是何等的革命英雄气概。

中华人民共和国成立后,以美国为首的西方对华敌对势力,对新生的人民中国实行了军事恐吓、政治讹诈、经济封锁等一系列手段,但终究是徒唤奈何。为此,他们改变策略,要逐步地、谨慎地、和平地推动社会主义中国的"和平变革"、"和平演变"。更为可怕的是,与敌对势力的这种"不战而胜"的处心积虑恰好重合,在50年代末60年代初的国际舞台上,忽然掀起一股离奇的怪浪潮,"和平过渡"、"和平进入社会主义"的鼓噪声,甚嚣尘上。以高举反对帝国主义旗帜、高举革命旗帜、高举无产阶级国际主义旗帜、高举维护世界和平旗帜为己任的新中国,受到了几个方面的夹击:一方面是边境屡遭侵犯,更有境外势力策动颠覆叛乱;一方面是美国大力支持台湾蒋军窜犯大陆。在此起彼伏的反华大轮唱中,社会主义中国颇似"万花纷谢",处于孤军奋战的困境。但是以毛泽东为代表的中国共产党人,并没有被这股国际"寒流"所击倒,而是以马克思主义者大无畏的革命英雄主义和革命乐观主义,予以毫不动摇的回击。"雪压冬云白絮飞,万花纷谢一时稀。高天滚滚寒流急,大地微微暖气吹。独有英雄驱虎豹,更无豪杰怕熊罴。梅花欢喜漫天雪,冻死苍蝇未足奇。"毛泽东的这首诗词,正是以诗歌的形式,记载了这样一个革命英雄主义和革命乐观主义的历史故事。

或许有人认为,搞革命需要发扬英雄主义,从事和平建设没有必要提倡革命英雄主义。这显然失之偏颇,也间接否定了和平年代的英雄们同革命英雄主义的内在一致性。殊不知，即使是社会主义建设时期也会有外敌入侵和国际间的压迫，也会有阶级斗争，也会有犯罪行为，更会有洪涝等灾害，因而需要发扬革命英雄主义。我们的共和国英雄正是在这些场合受到革命英雄主义的推动而表现出大无畏的英雄气概的。况且，在社会生产和生活中，也会遇到自然环境的恶劣、身体疾病的困扰等内外困苦，需要人们用不怕苦、不怕累、不怕死等革命英雄主义去加以克服，而靠懒汉、懦夫、庸人是无法建设中国特色社会主义的。

事实上，革命英雄主义不仅没有在建设年代有所泯灭，而且是得到了更进一步的培育和弘扬，无数的当代中华英杰，以其英雄的思想意识和光辉业绩证明了这一点。罗盛教、王杰、刘英俊、张华等人的舍己救人，黄继光堵枪眼，邱少云的不为烈火所动，麦贤得、朱彦夫等人的身残志更坚，都是革命英雄主义精神的生动体现，也是革命英雄主义在新的历史条件下的延续。正是因为接受了革命英雄主义的洗礼，孔繁森才有了坚强、勇敢、不怕牺牲等品格的重要思想根源。也正因如此，孔繁森才能为了民族进步和团结大业，以顽强的毅力克服头晕头痛、胸闷呕吐等高山反应,忍受多种疾病造成的痛苦和不便,并以惊人的意志多次与死神搏斗。也正因如此,孔繁森才具有"是七尺男儿生能舍己,作千秋鬼雄死不还乡","活着就干,死了就算","青山处处埋忠骨,一腔热血洒高原"等共产主义人生观。只要我们把自身献给社会、献给时代、献给历史,在各自的位置上,以各自的方式,肩负起历史和时代赋予的重任,我们每个人都可以成为大无畏的英雄、不朽的英雄。

(3)崇尚无私奉献的高尚品德

人为什么活着?怎样的人生才有意义?或者说人生的价值和意义是什么?对这个问题,古今中外的先哲们有着不同的回答。有的认为,人生一世就是为了个人求名利、求权贵、求享乐;有的认为,人活着就是为个人和全家求温饱,即所谓"清静无为"的人生哲学。而马克思主义的人生观则认为,人生的目的是为实现社会主义和共产主义而奋斗,人生的意义在于在为人民服务的事业中做出贡献。为党和人民的事业无私奉献、为国家和人民的利益不懈地追求、奋斗和创造的人生,才是有价值、有意义的人生。正如江泽民同志深刻指出的:"我们的干部和党员,一定要把人为什么活着这个问题弄清楚。如果只是为自己、为家庭而活着,那个意义是很有限的。只有为国家、为社会、为民族、为集体的利益奋不顾身地工作着,毫无保留地贡献出自己的聪明才智,这样的人生才有真正的意义,才是光荣的人生、闪光的人生。"

人生的意义在于为人民服务、无私奉献。马克思主义认为,人总是社会的人,人的本质是一切社会关系的总和。应当把人置于社会关系中考察,人与动物的区别就在于他的社会属性。因此,人不仅有自身的生理需要,还有社会责任,有对社会、集体的依赖。作为社会的人,不仅要向社会索取,享受社会的服务,更重要的是要向社会奉献,为社会多做贡献,这是人类赖以生存繁衍、社会赖以发展的必要条件。中华民族的民族精神具有强烈的利他主义和反对利己主义的道德榜样取向,历代先哲圣贤也为后人树立了奉献国家与民族的榜样形象。黄帝作冕、伏羲教农、苍颉作书、大禹治水,无不体现着敬德保民、奉献江山社稷的崇高风范。由于漫长的封建社会里形成了"学而优则仕"的风气,人们重视读书做官,而把科学研究看成是"形而下"的君子不屑为的寻常事,因而,古代科学家必须有勇气冲破传统观念和功名利禄的罗网。

在我国历史上做出过突出贡献的古代科学家,恰恰都是这样的人。像发明活字印刷的毕昇和设计赵州桥的李春这样的发明家、建筑师不必说,他们都是普通的劳动者。他们的名字甚至长期被埋没。例如,直到赵州桥建成一百多年后,它的建造者李春的名字才见之于文字记载。像李时珍、徐霞客这样的科学家,饱读诗书,却是无意宦途,甘心默默地耕耘,为科学事业奉献一生。像张衡、沈括这样的科学家,虽然都身居官职,也能淡忘功名。张衡不但不怕别人嘲笑他没有升官,反倒很满足于掌管历法、观测天文气象的太史令的职务;沈括更是在 58 岁之时干脆退出政治活动,隐居镇江,潜心投入《梦溪笔谈》的著述。可以说,我国古代辉煌的科学成就,既反映了传统文化中的杰出智慧,同时也反映了古代劳动人民和科学家们无私奉献的伟大情怀。

为人民服务、无私奉献,不论职务高低,不论能力大小,都是一种人生境界。服务和奉献的方式各不相同,效果有大有小,但精神没有高低之分。从某种意义上说,平凡人的奉献更为可贵,因为社会的主体是由平凡的人构成的,是亿万平民百姓撑起了民族的脊梁、国家的大厦。正如鲁迅所说:"我们自古以来,就有埋头苦干的人,有拼命硬干的人,有为民请命的人,有舍身求法的人……虽是等于为帝王将相做家谱的所谓'正史',也往往掩不住他们的光耀,这就是中国的脊梁。"正是这些人,辛勤耕作,开拓了历史悠久的农业生产;精益求精,发展了举世闻名的工业技术;聪敏勤奋,创造了光辉灿烂的民族文化。正是这些人,为了祖国统一和富强,为了民族的兴旺和发达,前仆后继,血洒疆场,锻铸了我们民族的坚强性格和优良品德。正是这些仁人志士,以天下为己任,为探索救国救民的真理,拯救惨遭列强践踏和蹂躏的祖国,为振兴遭受列强宰割和蚕食的民族,抛头洒血,无私奉献,英勇斗争,才使中华民族屹立于世界民族之林。我们已无法计数鸦片战争以来有多少炎黄子孙的热血洒在了与列强相抗的不屈斗争中,也无法计数国民大革命时期又有多少铁血男儿战死沙场,也无法计数有多少爱国将士倒在了反对日本帝国主义侵略的民族抗战中,更无法计数为了新中国的诞生又有着多少革命烈士。我们只能记得和强烈地感受到,在我们伟大的民族精神中,有他们不屈不死的魂魄。

为人民服务、无私奉献是共和国英才们优秀品德的最光彩照人之处。在共和国五十余年的奋斗历程中,无数中华儿女用青春、热血和生命,把为人民服务、无私奉献精神写在人民心中,写在天地之间,并使它成为磅礴全社会的崭新风尚。孟泰、罗盛教、王进喜、雷锋、焦裕禄、孔繁森、李素丽、李向群、郑培民、邓练贤……每一个名字,都是一座为人民服务、无私奉献的丰碑。他们虽处在不同年代的不同历史条件下,但精神一脉相承,为人民服务、无私奉献是他们崇高精神的本质,是他们成就壮丽人生的精神源泉。当一些人把羡慕的目光投向西方,梦想用美元铺垫灯红酒绿的所谓理想生活之路时,他们却在条件艰苦的草原、大漠、高原和边远山区埋头耕耘;当一些人坠入金钱物欲的泥潭,津津乐道于个人主义时,他们却用自己的收入帮助生活困难的群众,用自己的智慧帮助群众脱贫致富……为了党的事业、人民的幸福,他们献出了金钱、鲜血、健康乃至生命,用自己的模范行动,走出了一条条闪光的人生轨道。

3. 身体力行,做勤劳勇敢的实践者

全面建设小康社会的奋斗目标,呼唤和要求每一个华夏儿女都必须身体力行,以勤劳勇敢的精神,积极投身到火热的建设实践中来。必须看到,经过改革开放以来

的发展,我国的生产力水平得到了大幅度的提高,人民群众的物质文化生活迅速改善。然而无可置疑的是,我们仍处于并将长期处于社会主义初级阶段,现在达到的小康还是低水平的、不全面的、发展很不均衡的小康,人民日益增长的物质文化需要同落后的社会生产之间的矛盾仍然是我国社会的主要矛盾。我国生产力和科技教育还比较落后,实现工业化和现代化还有很长的路要走;城乡二元经济结构还没有改变,地区差距扩大的趋势尚未扭转,贫困人口还为数不少;生态环境、自然资源和经济社会发展的矛盾日益突出;我们仍然面临发达国家在经济科技等方面占优势的压力;经济体制和其他方面的管理体制还不完善;民主法制建设和思想道德建设等方面还存在一些不容忽视的问题。我们与世界发达国家之间的距离还是很大,要实现社会主义现代化,赶上发达国家的水平,必须艰苦奋斗几十年乃至更长的时间。因此,弘扬勤劳勇敢的民族精神,从自身做起,埋头苦干,为国分忧,恪尽职守、爱岗敬业,见义勇为、扶危济困,勤劳节俭、勤劳致富,勇于克服前进道路上的一切困难,加快发展步伐,是我们每一个人都应该做而且能够做到的。

(1)恪尽职守、爱岗敬业

在社会生活中,每一个人都有自己的工作岗位。一个人要想干一番事业,必须在具体的岗位上、从具体的工作做起。所以,恪尽职守、爱岗敬业是立足社会的基础,是走向健康人生的通行证,是服务群众、服务社会的重要条件,也是弘扬勤劳勇敢的民族精神的具体要求。恪尽职守,是爱岗敬业的前提条件,爱岗敬业是恪尽职守的思想升华,也就是说,只有了解、掌握和熟悉本职工作,才能进一步地精益求精、积极地创造性开展与完成工作。

恪尽职守、爱岗敬业,首先要树立正确的职业思想。中华民族是勤劳勇敢、富有创造精神的伟大民族,历来推崇敬业乐业的精神,崇尚干一行爱一行和脚踏实地的思想作风,鄙视那种"大事不得,小事不为"的浮华习气,素有"宠位不足以尊我,而卑贱不足以卑己"的职业价值观。所谓"三百六十行,行行出状元",就是说,一个人是否有作为不在于他从事的是何种职业,而在于他是否尽心尽力把自己所从事的工作做好。因此,无论从事什么工作,只要是对社会有益、对人民有益,就要做到干一行、爱一行、专一行,不能朝秦暮楚,见异思迁,得过且过。纵观我国历史上卓有成就的能工巧匠、思想大师、文化名人等，没有一个是不热爱自己所从事的职业的，也没有一个是不乐意为自己所从事的职业而献身的。任何一个敬重自己事业的人，都会把这种爱表现在自己所从事的岗位上。再平凡的岗位，也能体现崇高的敬业精神，做出突出的成绩。离开了这一点，再有什么鸿鹄之志，也是不可能实现的。

恪尽职守、爱岗敬业要求要脚踏实地。脚踏实地做好工作是爱岗敬业的具体表现，工作没有做好，爱岗敬业就是一句空话。做好工作就需要不怕苦、不怕累，具有强烈的事业心和责任心。我国明代著名医学家李时珍，从小跟父亲学医，爱上了医生这门职业，决意以此作为自己终生的事业。他被推荐到京城太医院工作后，有机会读到更多医学方面的著作。他发现前人所著的《本草》有很多错漏，感到忧心如焚。认为事关人命，不可等闲视之，因而搜罗百氏，采访四方，"岁历三十稔，书考八百余家"，用毕生的精力和心血，编撰成了《本草纲目》这部药学名著。这本 190 万字的巨著，资料翔实，内容准确。书中记载的几千种药物都经过他的实践考查，有的纠正了前人的错误，有的是他的发现。特别是他运用科学分类法，将植物类中草药进行分类整理,比西方要早200年,被达尔文誉为"百科全书"。

恪尽职守、爱岗敬业就要刻苦、钻研业务。业精于勤荒于嬉,行成于思毁于随。任何工作都有学问,所谓行行出状元。只有认真学习钻研工作中的学问,才能真正做到爱岗敬业。在工作中精益求精,既是一种职业态度,又是一种职业精神和职业品格。只有精益求精,才能够攻克技术上的难关,也才能真正学到一点东西,形成一技之长,成为行家里手。在现实生活中,常常可以看到这样的现象:人们到医院看病,都喜欢找那些态度和蔼、医术高明的医生;送孩子上学,总希望能让孩子分到那些经验丰富、有耐心的教师执教的班上;企业招工,也愿意录用那些既遵守纪律又有一技之长的人。这表明,在当代社会做一名合格的岗位工作者,不仅要有热心为群众服务的思想、认真负责的工作态度,而且要掌握一定的业务知识和工作技能。这样才会受到广大群众的信任和欢迎。尤其是在科学技术日新月异的今天,我们无论在什么岗位、做什么具体工作,都要注意学习新知识、掌握新技术,以适应形势发展的要求。否则,就可能在激烈的竞争中被无情淘汰。全国劳动模范、北京百货大楼糖果组售货员张秉贵,在他32年的工作生涯中,始终如一地热爱自己的事业和工作岗位,以"一团火精神"对待工作和顾客。他从早上开门接待第一位顾客,到晚上关门送走最后一位顾客,心里想的,手里干的,全是为了顾客,做到了几十年如一日。他曾说:"站柜台的学问虽不高深,也不惊心动魄,但它里面同样有科学,要干好大有学问。"经过长期的摸索和实践,他总结出"主动、热情、诚恳、耐心、周到"的"十字服务规范",以及"接一问二联系三"的"快速售货法",练就了"一抓准"、"一口清"的绝技。他还将多年的服务经验和售货技艺,写成四万字的《张秉贵柜台服务艺术》。张秉贵以他的一团火精神,成为全国商业战线的标杆。

恪尽职守、爱岗敬业还要立足岗位、服务社会。建设有中国特色社会主义的伟大事业,是千千万万人民的共同事业。在各行各业、各个工作岗位上的人发扬爱岗敬业精神,尽力做好本职工作,就是为经济建设和精神文明建设添砖加瓦,就是为人民服务,就是爱国爱民的表现。所以,爱岗敬业与服务群众紧密联系,在本职工作岗位上服务群众,是对每个职工最起码的要求。在各个行业,我们都可以看到许许多多立足岗位、服务群众的先进人物和动人事迹。他们以自己的言行，为我们做出了榜样。时传祥是北京的一个普通掏粪工人，他"宁肯一人脏，换来万家净"的名言，曾被万人传颂。在掏粪这个别人看来又脏又累的岗位上，时传祥一干就是几十年。那时，掏粪是纯体力活，光是背在肩上那半人多高的粪桶就有十多公斤，装满粪便后更重达50多公斤。时传祥每天淘、背的总重量达五吨，日复一日，背粪的右肩磨出了巴掌大一块黑硬的老茧。在长期的掏粪过程中，他为群众解决过无数难题。有一次，花市下四条胡同耿大爷家厕所墙倒了，砖块掉进厕坑，时传祥卷起袖子，用手把砖一块块捞出来，用水冲干净，再把墙垒好，把厕所清扫干净。他的感人事迹，在当时产生了巨大影响。他自己也在1959年的全国群英会上，光荣地受到毛泽东、刘少奇、周恩来、朱德等领导人的接见，并留下了"你当清洁工是人民的勤务员，我当主席也是人民的勤务员……"的时代佳话。李素丽在售票台前，岗位做奉献，真情为他人，她说："每一条公共汽车的线路都有终点站，但为人民服务没有终点站。我永远属于我的乘客，属于我的岗位"，她的行为受到了顾客的好评，得到了人民的尊重。邱娥国当户籍民警17年，走过的路程有12万公里，相当于绕地球走了三圈；他没有休过一个公休日,加班加点三万多小时,等于干了72年的活,为民排忧解难做了数不清的好人好事。他们这种在平凡艰苦的工作岗位上,默默为广大群众服务的敬业精神,具有积极的实践意义,值得每个人学习。

在发展社会主义市场经济的新形势下,人们的择业观念、就业方式发生了很大变化。但是,允许人才流动、提倡双向选择,并不意味着爱岗敬业精神已经过时。相反,在讲求效益和效率的今天,任何一个用人单位都不会录用那些没有敬业精神和只为自己着想的人。因此,我们每个岗位工作者都应当进一步发扬爱岗敬业精神,立足本职,扎实工作,更好地为广大群众服务。

(2)见义勇为、扶危济困

见义勇为是中华民族的一种传统美德。中国传统文化中蕴含着杀身成仁、舍生取义的精神,社会主义的集体主义原则也倡导舍己救人的利他主义精神。尽管人们对勇敢的理解与把握的层次有高低之分,但其基本原则是一致的。孔子曾说:"见义不为,无勇也。"这就是讲,道德上的勇敢在于做那些合乎道义、值得去做的事情。如果看见了合乎道义、值得去做的事情却不愿意去做,就谈不上有什么勇敢。

见义勇为作为一种敢于担当道义,一往无前、无所畏惧的道德品质,是社会公德的重要组成部分。它集结着人们的正义感、责任感和使命感,体现着人们的道德良心和人格尊严。见义勇为,首先要求人们在坏人坏事面前敢于挺身而出,同歪风邪气做斗争,用自己的奋不顾身剪除邪恶势力,"横眉冷对千夫指";其次,要求人们在事关公众利益或人民利益的情况下,勇于牺牲个人利益以成全公众利益或人民利益,"俯首甘为孺子牛";再次要求人们在大是大非面前勇于坚持原则和真理,不苟且,不随俗,"粉身碎骨浑不怕,要留清白在人间"。弘扬见义勇为的美德,在全社会形成见义勇为的风气,对弘扬和培育民族精神、加强社会主义精神文明建设具有十分重要的意义。

人的生命是最可宝贵的。当他人的生命安全面临威胁时,奋不顾身地去抢救,是最值得称道的见义勇为行为。爱民模范欧阳海推开因受惊而立在铁轨中间的驮着炮架的黑骡,列车和乘客得救了,可他却壮烈牺牲了。英雄战士王杰在手榴弹即将爆炸的危险之际,奋不顾身地扑向前去,以自己壮烈的牺牲换取了 12 个人的生命安全,奏响了一曲舍己救人的时代精神颂歌。人民的好儿子刘英俊为保护六名儿童安全,勇拦惊马,最终被压在翻倒的马车下壮烈牺牲。优秀大学生张华为抢救一位落入粪池的老农,不幸被池中的沼气熏倒,献出了年轻的生命。

匡扶正义、惩恶扬善、路见不平、拔刀相助,就是对社会正气的弘扬,也是对见死不救丑恶现象的鞭挞。徐洪刚,一名人民解放军普通战士的名字,曾为亿万人所传颂。1993 年 8 月 17 日,济南军区某团通信连架线班班长徐洪刚探亲期满,乘坐从云南彝良开往四川筠连县的长途汽车返回部队。途中,车上一伙歹徒突然站起来,向一名青年妇女抢要钱物,并公然对她进行侮辱。面对歹徒的强暴,女青年连声呼救,竭力反抗。徐洪刚把这一切看在眼里,气在心里,一种强烈的责任感驱使着他:决不能让歹徒在光天化日下行凶做恶!于是,他腾地站起来,大吼一声:"住手!不许这样要横。"在人民生命财产受到严重威胁的关键时刻,徐洪刚面对四名穷凶极恶的持刀歹徒,挺身而出,英勇搏斗,甚至在身上被歹徒刺伤 14 刀的情况下,仍跳车勇追歹徒,直到昏倒在地。

为了保护国家和集体财产而奋不顾身,也是一种高尚的见义勇为行为。向秀丽被誉为"再生的凤凰"。1958年12月13日,在试制一种新产品的过程中,她工作的制药厂化工车间的酒精突然起火,危及爆炸性材料金属钠。周围居民和整个厂区的群众生命和国家财产受到严重威胁。在这危急时刻,向秀丽为了不使火焰蔓延,毫不犹豫地用身体挡住酒精的去路,烈火烧裂了她身上的皮肉,她却坚持不动,还推开前来抢救她的同事说:别理我,你们快救火! 由于伤势太重,向秀丽不幸光荣牺牲。对于向秀丽的英雄壮举,董必武的诗词做了生动而形象的描绘:"烈物延烧势甚危,纵身扑火不犹疑。谨防爆炸将旁及,忍受燔熬强自持。风格在于维大局,精诚所到树红旗。重伤百药都无效,忘我仪型永世垂。"

毋庸讳言,当前在我国社会生活中还存在着一些不讲社会公德的现象,见死不救、见钱眼开、见利忘义、背信弃义的行为时有发生,有的人不愿承担自己的道德责任,不愿做那些值得做和应该做的道义之事,这是一种不正常的社会现象。我们的社会和时代呼唤着见义勇为、舍己救人的道德行为,只有这样,才会有社会正气、民族脊梁。

与见义勇为紧密相联的就是扶危济困。同见义勇为相比,扶危济困缺少了付出生命代价的风险,但也增加了大多数人能够身体力行的行为系数。扶危济困同样是一种传统美德,是人类在长期的社会实践中,在患难与共、风雨同舟的劳动生活中逐步培养起来的。它主要表现为"一方有难、八方支援"的同情心,捐助弱者、助人为乐的仁爱之心。社会主义制度的建立,使这种美德得到了进一步的发扬和光大。

好人徐虎,是改革开放新形势下出现的活雷锋。他和雷锋一样,也是用一颗赤诚火热的心温暖着千家万户。"凡附近公房居民遇到夜间水电急修,请写清地址,将纸条投入箱内,本人将愿意为您提供服务。开箱时间:19时,徐虎。"从1985年6月徐虎挂出这样三只夜间义务报修箱始,到1996年4月,他累计开箱3718天,义务修理2146个水电项目,花去了7400多个小时的业余时间。那三只小小报修箱成了他"辛苦我一个,方便千万家"的助人为乐精神的真实写照。"学习雷锋的光荣标兵"朱伯儒时时处处以雷锋为榜样,把助人为乐作为行动的指南,脚踏实地地为之奋斗。他曾义务赡养过一位孤独老人,先后解救过七名遇到危险的群众,接济过40多个生活困难的战士和群众。他还热情关心、教育青年,使有些在生活上遭受挫折、思想彷徨的迷途青年,重新鼓起生活的勇气,走上人生正道。对于人际关系冷漠的现状与牢骚,他认为:我们没有发牢骚的权利,只有改变这种状况的义务,责怪冷漠,不如燃烧自己这块炭头。

近些年来,社会各界组织的"希望工程"、"送温暖"、"志愿者"、"手拉手"、"幸福工程"、"春蕾计划"、"扶残助残"等公益计划,为人们实践扶危济困的美德提供了充分的爱心平台,数不清的人们通过一个活动或多个活动奉献着自己对社会、对弱者的一份爱心。至于水灾、雪灾、震灾、重病等天灾病祸之后的捐助活动,更是每每掀起全社会的一股献爱心热潮。人们越来越懂得这样一个道理:献一份爱心,多一份快乐。

(3)勤俭节约、勤劳致富

勤俭节约这个词本来表示特定的原则,特别是指家庭的收支关系。在社会发展过程中,它也被上升到治国理政之道的高度,即国家有一个勤俭节约的问题。"成由勤俭败由奢",不仅成为家庭主妇的格言警句,也成为政治家甚至是全体国民的格言警句。

"节俭"这一词包括三个不同方面的含义:节制花销,

制止浪费,用少花钱多办事的方式调节收支。在中国传统文化中,不管是儒家、道家还是墨家,都倡导克己反奢,厉行节约。孔子在赞扬颜回时说:"一箪食,一瓢饮,在陋巷,人不堪其忧,回也不改其乐。"就现实生活来说,传统中国人祖祖辈辈从土地中索食,从事精耕细作的自然型小农生产,靠天吃饭,又不能无尽地拥有土地,开源不易,迫于生活的艰辛、生存的压力,中国人就尽可能节流。正是匮乏经济使中国人培育出精打细算、量入为出、勤俭持家等节俭品质,在穷苦人家,节俭几乎成为一种自发行为。而在殷实富裕之家,也有"坐吃山空"、"金山银山也有吃完的时候"等等不成文的家训。所以,中国人自古以来就养成了勤俭节约的传统美德。

新中国成立之初,我们党就确立了勤俭建国的方针,并通过"三反"、"五反"等方式,厉行节约,反对浪费。随着改革开放的深入发展,国力的增强,人民生活水平的提高,一些人勤俭节约的观念淡漠了。对此,江泽民同志曾做过深刻的剖析,痛心地指出,现在有些领导干部沉溺于物质享受,过着纸醉金迷的生活,令人触目惊心。奢侈腐化意味着堕落,如果任其蔓延,就会背离党的全心全意为人民服务的宗旨,人民群众就会逐渐同党离心离德,我们党就会失去凝聚力、吸引力和号召力,执政基础就会被严重削弱。胡锦涛同志强调,要在全党全社会广泛开展坚持"两个务必"的教育,使全体人民牢固树立起谦虚谨慎、不骄不躁的作风,牢固树立起艰苦奋斗的作风。

勤劳致富是与勤俭节约紧密相联的。如果说勤俭节约是"节流"的话,那么,勤劳致富就是中国人关于"开源"的思想与行动。勤劳勇敢的中国人民创造了光辉灿烂的中华文明。但由于种种原因,多少年来,人民群众的生活水平却一直处在极度贫困的状况之中,劳苦大众并没有获得因他们的无比勤劳所带来的全部报偿。极度的贫穷和为生存而进行艰苦的斗争,这本身并不会使任何人勤劳刻苦;但是,如果一个人或一个民族具有勤劳刻苦的天性,那么,贫穷和为生存而斗争就会使这种天性得到最有效的发展。因此可以说,中国人民一直没有泯灭过勤劳致富的梦想。

改革开放的新时代,为中国人民提供了实现勤劳致富的机会和条件。允许一部分地区、一部分人通过诚实劳动和合法经营先富起来,是党和国家的一项大政策。实行这一政策,目的是为了加速经济发展,通过先富带动后富,最终达到共同富裕。党提出这项政策,是符合经济发展不平衡和历史波浪式前进的规律的,有利于从根本上打破困扰我们多年、严重挫伤人们积极性的"平均主义",调动和发挥广大劳动者的积极性、主动性和创造性,去实现美好富裕的新生活。

勤劳致富,首先要做到诚实劳动和合法经营。诚实劳动,就是要脚踏实地地辛勤劳作,无论是体力劳动还是脑力劳动,无论是简单劳动还是复杂劳动,以此获得报酬或收成。合法经营,就是要符合国家法律,在国家法律法规允许的范围内正当经营。坑、蒙、拐、骗、偷,那不是诚实劳动;偷税漏税、制假售假、走私贩私,也不是合法经营。至于以权谋私、贪污腐败,就更是属于非法致富,是犯罪行为。

勤劳致富,就要尊重和保护一切有益于人民和社会的劳动。随着科学技术等生产力的迅猛发展,劳动的方式与概念已较过去增添了许多新内容、许多新变化。必须认识到,一切为我国社会主义现代化建设做出贡献的劳动,都是光荣的,都应该得到承认和尊重。相应的,一切合法的劳动收入和合法的非劳动收入,都应该得到保护。要形成与社会主义初级阶段基本经济制度相适应的思想观念和创业机制,营造鼓励人们干事业、支持人们干成事业的社会氛围,放手让一切劳动、知识、技术、管理和资本的活力竞相迸发,让一切创造社会财富的源泉充分涌流,以造福于人民。

　　勤劳致富,还要"富而思源,富而思进"。通过"富而思源",更加自觉地紧密团结在党中央周围,坚持十一届三中全会的路线不动摇,坚持改革开放,提高建设中国特色社会主义的自觉性。通过"富而思进",更深刻地认识社会主义的本质是共同富裕,先进要帮助后进,先富要帮助后富,以实现共同富裕。同时,还要认识到,富裕也是一个需要与时俱进的概念,切不可满足现状,不思进取,而是要不断开拓创新,全面建设小康社会,实现中华民族的伟大复兴。

六、自强不息

自强不息是积极向上、勇往直前、永不懈怠的精神。这种精神,自古以来就受到重视和倡导,成为伟大民族精神的重要内容。

1. 自强不息是中华民族永无止境的精神追求

几千年来,中华民族经历了许多大风大浪,依靠我们自强不息的奋斗精神,不仅没有在历史的惊涛骇浪中沉没,反而成为屹立于世界东方的伟大民族。靠这种精神,我们的祖先创造了光辉灿烂的古代文明;靠这种精神,我们推翻了三座大山,开创了我国社会主义的新纪元;靠这种精神,我国人民的生活总体上实现了由温饱到小康的历史性跨越。自强不息的精神,永远是中华民族不懈的精神追求。

(1)自强不息的中华民族始终屹立于世界民族之林

众所周知,世界上有埃及、巴比伦、印度、中国四大文明古国,但是,除了中国文化以外,其他三种文化都逐渐的暗淡下去,不再独成一系。而有些曾经辉煌一时的国家和民族,虽然也曾创造过灿烂的文明,但大都逃不过灭亡的命运。南美的印加帝国,拥有自己古老的历史文化,在早期资本主义、殖民主义的铁蹄踏上他们的国土之前,已经达到 1600 万人口了,还有一支数万人的颇为强大的军队。可是,仅仅一百五十个西班牙海盗,带着一门不太管用的大炮,就使得这个古老的封建帝国崩溃了,以至到后来,主权沦丧,亡国灭种。不可否认,中国文化的发展也经历过许多曲折的途程,然而,中国文化历经沧桑、饱受磨难之后,仍然保持旺盛的生命力和创造力,延续下来,承传不绝。究其原因,就是因为有伟大民族精神的支撑。自强不息的民族精神强调发挥人的主观能动性,强调依靠自己的力量,顽强奋斗,它在于是一种积极有为的进取精神,能够使人永不懈、险不惧,胜不骄,败不馁,锐意进取,勉力向上,永不满足。

自强不息的精神并不是天生的,而是人们在社会生活中,通过辛勤的劳动,勇敢地向各种恶势力做斗争的实践活动,逐步形成的。我国古代的神话是自强不息民族精神的最早体现。每个民族都有创世的神话。盘古开天地,女娲补天造人,后羿射日,精卫填海,愚公移山等神话,都塑造了劳动创造世界、改造自然界的开拓者的形象,体现了中华民族刚健有为、自强不息的精神。我们的祖先们把这种自强不息的精神比喻为龙马精神。龙马就是仁马,它是黄河——我们母亲洒的精灵,是炎黄子孙的化身,代表了华夏民族的主体精神和最高道德。由我们民族的魂魄所生造出的龙马,雄壮无比,力大无穷,追月逐日,披星跨斗,乘风御雨,不舍昼夜。这不正是中华民族战天斗地,征服自然的真实写照吗?不正是炎黄子孙克服困难,永远前进的生动比喻吗?不正是中国人民不畏艰险,积极向上的生命意义的集中反映吗?正是依靠这种伟大的民族精神,中国人民创造了光辉灿烂、为人惊叹的中华文明,使中国独领风骚几千年。

第一,中华民族很早就创造了以发达的农业和手工业为主要内容的物质文明,为民族的生存发展奠定了坚实的物质基础。在距今1000多万年前,中华民族的祖先就已经在我们伟大祖国这块土地上生息、繁衍和活动,艰难的开发着祖国。在长期与自然界做斗争中,较早地由渔猎生活转为农牧生活。早在传说中的黄帝时代,就有了房屋、衣帽、车船、弓箭、陶器、文字、算术、钟鼓乐器等发明。"神农尝百草"的神话传说，就反映了我们的祖先以顽强的意志、坚韧的毅力开拓、创造的艰难。我国是水稻、粟的发源地。我们的祖先，率先学会了栽培水稻和粟，解决了吃饭问题，为人类生存和发展提供了起码的条件。我国是最早发明养蚕、缫丝、纺绸的国家，被誉为"丝绸之国"。西汉时我国人民开辟了"丝绸之路"，把蚕种、丝绸纺织技术传到印度、波斯、希腊、罗马等地。我国还是世界最早制造瓷器的国家。宋代瓷器的制造在生产工艺上已经达到炉火纯青的地步。英语中"中国"——"CHINA"一词，实际上指的是"瓷器"，瓷器成了中国的代名词。在雕刻方面，敦煌的大佛洞、大同的云冈石窟、洛阳的龙门石窟等，为世界叹为观止。在冶炼方面，我国早在商代就产生灿烂的青铜文化。到汉代，冶炼铸造技术和生产规模已居于世界领先地位。在建筑工程方面，更具有民族独特的建筑风格。隋代的"赵州桥"是世界上现存最古老的大型敞肩石拱桥。工程浩大、气势磅礴的万里长城，更成为中华民族智慧和力量的象征，被誉为人类建筑史上的奇迹。

第二，中华民族创造了具有民族独特风格的精神文化。在中华民族四千多年有文字记载的历史上，留下了中华民族文化和艺术的灿烂成果，闪烁着绚丽的光彩。我国古代在哲学、文学、史学、艺术、戏曲、书法、绘画等方面取得了举世瞩目的成就，涌现了许多当时世界上第一流的思想家、教育家、文学家、艺术家，他们是中华民族精神文化的杰出代表。那些浩如烟海的文化典籍和世所罕见的艺术珍品，则是中华民族古代精神文化的历史积累。原始陶器、甲骨金文孕育了民族精神文化的萌芽。春秋战国时期出现的"百家争鸣"的局面和老子的朴素辩证法思想、孔子的社会政治思想和教育思想、孙子的军事思想、荀子的唯物主义哲学思想等，对于中华民族独特性格的形成起了巨大的作用，在世界思想史上占有重要地位。在此后的历史发展中，又涌现出了屈原和他的不朽诗作《离骚》，西汉司马迁的《史记》，以李白、杜甫为代表的唐代诗歌，以及宋词、元曲和明清的小说。这些构成了一部古代中华民族精神文化发展的雄壮交响曲。

第三，中华民族在长期生产斗争和科学实验的活动中，产生了许多的发明家、科学家、能工巧匠和大批科学著作。古代中国在天文历法、地学、数学、农学、医学等许多领域，都做出过独特的贡献。早在公元前二千五百年，中国人就开始了仰观天文、俯察地理的活动，逐渐形成了

"天人合一"的宇宙观。殷商时期的甲骨文中就有日月之食的记载。汉代张衡发明了测定地震方位的地动仪和演示日月星辰的浑天仪。我国古代的数学也取得了极其辉煌的成就。先秦的数学家提出了勾股定理。《九章算术》中记载了当时世界上最先进的分数四则运算和比例算法，还载有解决各种面积和体积问题的算法，以及开平方和开立方的方法，比欧洲同类算法早1500多年。南北朝时期的数学家祖冲之算出圆周率为 3.1415926 到 3.1415927 之间，精确到小数点后六位数，比欧洲人早1100年。中国的医药学在世界上独树一帜，明朝李时珍写的举世闻名的《本草纲目》是我国古代药物学中辉煌的成就。特别是中国的造纸、火药、印刷术、指南针四大发明，是我们古代先进的技术文化的标志，曾经改变了世界的面貌。明代的著名航海家郑和率领庞大的船队七次出使"西洋"，创造了世界航海史上的奇迹。直到十五世纪以前，中国的科学技术在世界上保持了千年的领先地位。美国历史学家、《大国的兴衰》一书的作者保罗·肯尼迪认为："在近代以前的所有文明中，没有一个国家的文明比中国文明更发达、更先进。"

这些成就的取得，证明了中华民族的智慧是无穷的，她的创造力是巨大的,不管过去、现在和将来,自强不息的中华民族都将永远屹立于世界民族之林。

(2)自强不息的中国人民坚忍不拔

自强不息的中华民族在为人类做贡献的过程中形成了坚忍不拔的民族性格。从盘古开天地、汤武革命,到戊戌变法、辛亥革命,到新民主主义的革命;从古代神话的"大禹治水"、"精卫填海",到今天中国人民"敢叫日月换新天"的社会主义现代化建设,无不体现了中华民族百折不挠、开拓进取、不懈追求的精神。

中国人民的坚忍不拔精神,表现在了反抗压迫的斗争中。中华民族是灾难深重的民族,它所受的苦难,是许多别的民族所无法比拟的。中国的封建统治不仅时间长,而且对人民的剥削也最沉重。正如鲁迅先生所说,中国封建社会的历史满纸写着两个字:吃人。公元前 221年,秦王嬴政用武力结束了春秋战国以来中国长达 600多年的分裂局面,建立了统一的封建专制国家。但在地主阶级的胜利成就的背后,是对广大农民的残酷剥削的压迫。公元前 209 年 7 月,不堪忍受的农民群众,揭竿而起,发出震撼山河的吼声,这就是历史上著名的陈胜、吴广起义。自秦以后,在长达 2000 多年的封建统治下,波澜壮阔的农民起义连续不断,如西汉末年的绿林赤眉起义,东汉末年黄巾大起义,唐代的黄巢起义,宋代钟相、杨么起义,明末李自成起义和清代洪秀全领导的太平天国革命。哪里有压迫,哪里就有反抗。"发如韭,剪复生;头如鸡,割复鸣。吏不必可畏,民不必可轻。"这首东汉末年流传的歌谣,充分说明了中国劳动人民英勇无畏、坚忍不拔的奋斗精神。这些农民大起义是我们伟大祖国历史上反抗反动统治阶级的主流,有力地推动了中国社会的发展,同时也酿就了中国人民勇于反抗、不屈不挠的品格。

中国人民的坚忍不拔精神,表现在抵御外敌入侵和反抗国内反动统治者的斗争中。中华民族在受到外国、外民族的欺侮、压迫时,自强不息精神就激励中华民族儿女与外敌、与侵略者进行殊死搏斗。在戚继光领导的"抗倭"斗争中,在郑成功领导的收复宝岛台湾的战争中,在康熙大帝领导的抗击沙俄入侵雅克萨的战争中,中国人民做出了巨大的努力和英勇的牺牲。近代以来,中国人民又开始同外国殖民主义者展开了长期不懈地斗争。在第一、第二次鸦片战争、中法战争、甲午中日战争、八国联军侵华战争中,中国人民的抵抗侵略斗争虽大多以失败而告终,但他们的可歌可泣的爱国壮举,为后代留下了前赴后继、不屈不挠、无比顽强的斗争精神。在中国共产党领导下,无数革命先烈为祖国独立和民族富强而反抗外国侵略者和国内反动统治者所表现出的前仆后继的英雄气概,更是惊天地、泣鬼神。吉鸿昌面对国民党反动派的屠刀,无所畏惧,慷慨就义,"恨不抗日死,留作今日羞。国破尚如此,我何惜此头。"夏明翰烈士,临危不惧,谱就"砍头不要紧,只要主义真。杀了夏明翰,还有后来人。"的就义诗,表现了革命者的凛然正气。一个多世纪以来,中华民族在任何内忧外患,艰难险阻面前,都表现出无比豪迈的英雄气概,坚忍不拔,不可战胜。

中国人民的坚忍不拔精神,还表现在了改造祖国山河的面貌,推进中华民族的进步,创造祖国辉煌灿烂的物质文明和精神文明等伟大实践中。中国人民具有勤奋好学、积极进取、蓬勃向上的精神。没有一代又一代人坚忍不拔的努力,没有各民族人民的共同奋斗,国家的繁荣昌盛是不可能的。中国历史上无数的文明成果,都和中国人民坚忍不拔的创造分不开。千百年来,中国人民用自己的双手和坚忍不拔的毅力不断地改变大自然的面貌,创造了无数的人间奇迹。在中华民族形成之初,大禹就作为勤劳、勇敢、坚强不屈的象征为人们所传颂。据传说,在治水期间,大禹的足迹遍及黄河及淮河流域,十余年中,他三过家门而不入。风里来,雨里去,亲自参加劳动,非常辛苦。他又黑又瘦,连小腿上的汗毛都磨光了。他不仅勤劳、勇敢,而且很有智慧,他总结前人的经验教训,改堵塞的方法为疏导的方法,不仅战胜了洪水,而且浇灌了农田,发展了生产。大禹身上所表现出来的这种勇敢、勤劳的优良品质,在我国各族人民中得到了继承和发扬。举世闻名的大运河,就是我国人民战天斗地、改造自然的一大壮举。我国地势西高东低,河流大多由西向东流入大海。为了沟通南北联系,弥补大自然的缺欠,我国人民自春秋战国时代起,就开始在天然河流之间开凿运河。至隋代,基本形成了北起北京、南至杭州,全长1782公里的大运河。它是世界上最长的一条人工开凿的河道,是我国人民血汗和智慧的结晶。此类例子,不胜枚举。历史上,中华民族中的许多仁人志士都是在"自强不息"的口号的鼓舞下,取得伟大的成就的。新中国成立后,这种精神得到了进一步发扬光大。太行山深处的河南省林州市,自然条件非常艰苦,20世纪六七十年代,他们艰苦奋斗十年,修建了举世闻名的"红旗渠",结束了水源奇缺的历史。20世纪八九十年代,他们第二次创业,使林州市甩掉了贫困落后的帽子,跨入了河南省先进县(市)的行列。改革开放以来,我们实施了"八七"扶贫攻坚计划、西部大开发战略,开工建设三峡工程、南水北调工程等一系列世纪伟业,充分展现了中国人民敢叫日月换新颜的英雄气概,表现出中国人民坚忍不拔的奋斗精神。

2."天行健,君子以自强不息"

《易经》说:"天行健,君子以自强不息"。我们的先哲们用这句话来概括人们百折不挠、开拓进取、不懈追求的精神,以此来激励中国人民变革创新、奋发图强。这种精神,表现为自尊自信的品德;表现为坚忍不拔,勇于开拓,在困难和挫折面前不悲观,积极进取的乐观态度;表现为志存高远,不安于小成,为远大的理想和目标执著追求。在《公民道德建设实施纲要》中,第一次把"自强"作为公民的基本道德规范提出来,对发扬民族优秀传统,提高国民的素质具有十分重要的意义。

(1)自尊自信的优秀品德

每个人在现实生活中,都会遇到各种复杂多变的人生矛盾。这就需要人们用正确的、比较一贯的立场、观点和方法去处理问题。其中,自尊自信的优秀品德是这种积极人生态度最基本的要求。自尊,也就是自重,就是尊重自己的人格,在任何情况下,都能够坚持自己的操守。它作为主体人的一种自觉状态,是一种严肃郑重的人生态度,是用自己良好的言行维护自身人格尊严的良好心理品质。

中国有句俗语:"自重者人恒重之,自轻者人恒轻之。"自尊是一个人自信、自强的前提,是一个人安身立命、争取事业成功和人生幸福的先决条件。人生活于天地之间,可以选择多种多样的生活道路和行为方式,但只有尊重自己的人才可能严格约束自己,具有高尚的行为,获得世人的敬重。一个能够尊重自己的人格的人,就一定会在事业中兢兢业业、切实负责,严肃认真地履行自己职责;就能够在任何情况下都坚守社会主义道德的要求,不做不道德的事;就能够为国家和人民的利益而积极努力,能够以国家和人民的利益为重,在任何逆境中都能够保持自己的节操,甚至牺牲自己的生命;在自己的生活和工作中,能够以身作则、言行一致;以自己的道德人格来影响他人,造福社会。

自尊是强大的精神力量,它可以提升自己的人格。廉者不受嗟来之食这个典故讲的就是自尊至上的道理。据《礼记·檀弓下》记载:春秋战国时期,有一年,齐国闹饥荒,有个叫黔敖的乡绅富户为了表现自己怜悯仁慈,在路边架起粥锅,摆上食物,等着饥民来吃。不久,他看见一个衣衫褴褛、似乎多日没吃东西的人,踉踉跄跄地从这里走过。于是,他端着粥碗,对这人大声吆喝道:"嗟,来食!"这种带有污辱、施舍意味的话语,深深地刺伤了这个人的自尊心,他缓缓地抬起头,看着黔敖说:"我正是因为不吃'嗟来之食',才落到今天这个地步。"说罢,辞谢而去,最后饿死在路上。人们常说的"人穷志不短"、"不为五斗米折腰",就是对人有自尊、有骨气的赞扬。毛泽东曾经高度评价坚持民族自尊心的朱自清先生:"朱自清先生一身重病,宁可饿死,不领美国的'救济粮'。……我们应当写闻一多颂,写朱自清颂,他们表现了我们民族的英雄气概。"可以说高尚的品德是从自尊开始的,也是以自尊为基础的。

一个人要取得事业的成功和人生的幸福,必须有自信的精神品质。自信,是每个人对自己积极的、肯定的自我认识和自我评价,就是要求坚定不移地相信自己的能力,相信自己在事业中能够依靠自己的力量来取得成功。自信决不是盲目的自大,更不是不顾客观情况去做那些自己做不到的事。自信是一种精神、一种品质,它是建立在对客观情况的正确认识的基础上,使自己经过努力可以达到的、力所能及的事情的信心。当我们涉世之初,拿着彩笔准备描绘自己一生的时候,会发现人生的道路是坎坷的,不要幻想有幸运儿。在曲折多变的人生道路上,要成为一个强者,必须有坚定的自信心。自信是一个人成就事业、开拓创造的支点。一个人生活在世界上,既要相信和依靠社会的力量,更需要自己的力量。不相信自己力量的人,注定一事无成。从古到今,功绩卓著的优秀人物,没有一个不是在一定的历史条件下,经过自己的勤奋努力而获得成功的。黑暗残酷的旧社会能够扼杀自信的人,但是,仍有人生的强者冲破罗网,放射出生命的异彩。自暴自弃的人无论是在黑暗残酷的社会条件下,还是在光明优越的现实环境中,都注定要被历史所淘汰。我国古代的学问家程颐曾说过:"最大的罪过莫过于自暴自弃。"马克思在青年时代说过:"自暴自弃,这是一条永远腐蚀着心灵的毒蛇,它吸取着心灵的新鲜血液,并在其中注入厌世和绝望的毒液。"可见,自信者成功,自弃者失败。

我国著名的"试飞英雄"邹延龄就是真正的人生强者，自信者。这位空军某试飞大队的大队长，在从事试飞工作的十年中，先后七次正确处置空中重大险情，创造了国产运八型飞机试飞史上的 16 个第一。他带领全大队试飞员出色地完成了"运八"系列八种机型、30 多个重大项目的科研试飞任务，提供了数百万个科研数据，取得 20 多项科研成果，填补了我国运输机试飞史上的 10 多项空白，为我国航空事业做出了杰出贡献。"大吨位失速"、"全载重失速性能试飞"是航空界公认的一级风险试飞科目，如果稍有闪失，就可能机废人亡。运八型飞机试飞这两个科目时，国外某航空公司王牌飞行员望而却步，邹延龄却主动请缨。他说："中国人制造的飞机，要靠我们自己来飞。外国人敢飞的，我们敢飞；外国人不愿飞的，我们同样要飞。""外国人能干的事，我们中国人同样能干，而且干得更好。"他勇于挑战，终于取得成功，而且把国外试飞员在同类飞机上试飞的每小时 172 公里的"失速特性"，减小到每小时 159 公里，创造了又一个奇迹，也填补了国产运输机试飞史上的空白。邹延龄之所以取得辉煌的成就，为国家做出贡献，除了具有为国家、为民族、为事业奉献牺牲的精神外,还拥有自信和必胜的信念。这种自信是建立在高超的技术和超人的胆识之上的。正如他所说:"试飞不是傻飞,敢干不是蛮干,探险就得冒险。既要有对国家巨额财产高度负责的态度,还要有勇于向高科技未知领域挑战的精神。"人生的每一次选择,都如同一次试飞,都需要像邹延龄这样对自己充满自信。

(2)积极进取的乐观态度

要作生活的强者,不仅要有自尊自信的优秀品德,还必须具有坚忍不拔、奋斗不止的精神品质。这就是说,一个人对人生要有积极进取的乐观态度。人生是可以选择的。不同的人生选择,决定着不同的人生。人的一生会遇到多种多次选择,这种选择表现出不同的人生态度,体现了不同的人生观,决定着选择者是积极进取还是消极回避,是奋力拼搏还是屈于压力。中华民族从来都是热爱生活、乐观向上的民族,历尽坎坷磨难而百折不挠,奋勇向前。自古以来,中华儿女在任何恶劣的环境下,都保持高昂的气势,乐观的情调,表现出积极进取、奋力拼搏的人生态度。我国古人提出的"与天奋斗,其乐无穷;与地奋斗,其乐无穷;与人奋斗,其乐无穷","逆水行舟,不进则退","发愤忘食,乐以忘忧","知其不可为而为之"的格言,都是积极人生态度的表现。"悬梁刺股"、"卧薪尝胆"、"唐三藏西天取经"等世代相传的故事,歌颂的正是这种积极进取的精神。这种人生态度,不断地追求完善自我的体魄、学识、技能、美德,把人生作为一个通过顽强奋斗、克服各种困难以争取美好未来的过程;这种人生态度鄙视那种惧怕困难、屈服于外界压力的无所作为的行为。一个人只有锲而不舍,千锤百炼,奋力攀登,方能不断提高这种人生的境界。

积极进取的乐观态度的对立面是半途而废。许多刚刚走向生活的青年人,意气风发,踌躇满志。可是,在实践中有些人却半途而废。什么原因呢?除了客观原因外,一个重要的主观原因是经受不起挫折和困难的打击,奋斗的火花熄灭了,创造的激情化为冰水。可以说,以什么样的态度对待困难和挫折,往往是能否成功的关键。成功者的经验告诉我们:只有以积极进取、奋力拼搏的精神去面对困难和挫折,成功才会向你迎来。人生要有积极的追求,严肃认真地对待生活,但在追求中总会碰到各种困难和挫折。面对困境,要不畏艰难,甘愿吃苦;面对逆境，不惧挫折，发愤向上。历史表明，从国家到个人，兴衰成败，外因是条件，内因是根本。许多逆境中成长的人才，也以他们的奋斗事迹表明了这一点。我国古代伟大的史学家司马迁在论到志士仁人如何在逆境中奋斗时写道："盖西伯拘，而演《周易》；仲尼厄，而做《春秋》；屈原放逐，乃赋《离骚》；左丘失明，厥有《国语》；孙子膑足，《兵法》修列；不韦迁蜀，世传《吕览》；韩非囚秦，说难孤愤；《诗》三百篇，大抵圣贤发愤之所以为作也。"我们都很熟悉的张海迪就是一位积极进取的代表。她5岁患脊髓病，胸以下全部瘫痪。在残酷的命运挑战面前，张海迪没有沮丧和沉沦，她以顽强的毅力和恒心与疾病做斗争，经受了严峻的考验，对人生充满了信心。她虽然没有机会走进校门，却发愤学习，学完了小学、中学全部课程，自学了大学英语、日语、德语和世界语，并攻读了大学和硕士研究生的课程。她还当过无线电修理工。1983年张海迪开始从事文学创作，先后翻译了《海边诊所》等数十万字的英语小说，编著了《向天空敞开的窗口》、《生命的追问》、《轮椅上的梦》等书籍。从1983年开始，张海迪创作和翻译的作品超过100万字。为了对社会做出更大的贡献，她先后自学了十几种医学专著，同时向有经验的医生请教,学会了针灸等医术,为群众无偿治疗达1万多人次。张海迪被誉为:"八十年代新雷锋","当代保尔"。张海迪怀着"活着就要做个对社会有益的人"的信念,以保尔为榜样,勇于把自己的光和热献给人民。她以自己的言行,回答了亿万青年非常关心的人生观、价值观问题。邓小平亲笔题词:"学习张海迪,做有理想、有道德、有文化、守纪律的共产主义新人!"

(3)志存高远的执著追求

每个人必须树立自己的理想。所谓理想,是指处于一定社会历史条件下的人们,以现实的可能性为内在根据的关于美好未来的预想,是人们向往并为之奋斗的崇高目标。理想是激励人奋进、催人奋起、敦促人们不断追求的动力;理想使人们更明智地意识到自己的历史使命和时代责任,更明智地选择社会发展的方向和道路;理想能深入社会生活中的群体心理,变成人们内心的坚定信念,从而更自觉地为社会做出自己的贡献;理想也是人们生活中战胜困难和挫折的巨大精神力量。理想就如一盏黑暗中的明灯。有志者的人生,犹如浩瀚的长江,从巴颜喀拉山奔泻而下,穿越崇山峻岭,奔腾向前,东流大海。

没有什么东西能够阻挡住它前进的步伐。这种一往无前、势不可挡的气概,正是执著追求者最宝贵的精神品质。

中华民族是一个十分崇尚理想和志气的民族,在几千年的历史上,许多人对执著追求理想和信念的行为进行了热忱的讴歌。"有志者,事竟成"、"老骥伏枥,志在千里"、"老当益壮,宁移白首之心? 穷且益坚,不坠青云之志"就说明了理想信念的重要性。对崇高理想的执著追求,向往崇高的精神境界和理想人格,也是中华民族优秀的道德传统方面的重要内容。凡自强必然会有对理想的追求;凡对理想进行追求,必然会有自强不息的行为。孔子主张,在物质生活基本满足的情况下,追求崇高的精神境界,把道德理想的实现看作是人生诸种需要中最高层次的需要。这种崇高的道德追求,又往往成为实现"杀身成仁"、"舍生取义"、无私奉献、勇于牺牲和爱国爱民的精神支柱。从先秦儒家孔、颜之乐,到宋朝范仲淹所提出的"先天下之忧而忧,后天下之乐而乐"的精神,已经凝聚成为中华民族的一种价值追求。"富贵不能淫,贫贱不能移,威武不能屈","惟义所在",就是这种追求在人生价值观中的体现。这种对崇高理想的追求,总是同自强不息、坚忍不、刚健有为的人生哲学相互联系,总是同"发愤忘食"、"乐以忘忧"和"知其不可为而为之"的积极进取态度共同发展。追求这种"为天地立心、为生民立命、为往圣继绝学、为万世开太平"的理想,虽然很难达到,但是仍然抱着"心向往之"的执著追求。

中国历史上,多少仁人志士为了心中的理想,不懈努力。明末抗清义士顾炎武抗清失败,他以国家为己任,发出了"天下兴亡,匹夫有责"的民族心声。中国资产阶级民主革命的先驱和领袖孙中山先生,为"驱除鞑虏,恢复中华",建立一个民主富强统一的新中国,奔走呼号,历经艰难险阻,在一次又一次的失败中奋起,直至他生命结束的前夕,仍交代"革命尚未成功,诸同志仍须努力"。无数革命先烈为了实现共产主义理想,抛头颅洒热血,前赴后继。他们执著追求的革命精神,不仅体现了中国人民的远大志向,而且激励着一代又一代优秀的中华儿女为民族的振兴而不懈奋斗。

3. 奋发图强,创造美好未来

我国现在已进入全面建设小康社会、加快推进社会主义现代化的新的发展阶段。国际局势正在发生深刻变化,世界多极化和经济全球化的趋势在曲折中发展,科技日新月异,综合国力竞争日趋激烈。我们要坚定地站在时代潮流的前头,实现中华民族的伟大复兴,就要发扬解放思想、实事求是的精神,学习和借鉴世界各国的先进文明成果,坚持与时俱进、开拓创新。

(1)解放思想,实事求是

解放思想,实事求是,是马克思主义的精髓,也是我们为实现社会主义现代化不懈奋斗的核心精神。中国革命和建设的历史一再证明,党在理论上的每一次重大突破,在实践上的每一次重大发展,都是坚持解放思想、实事求是的结果。没有解放思想、实事求是,就没有毛泽东思想的形成和发展,就没有中国革命的胜利;没有解放思想、实事求是,就没有邓小平理论的形成和发展,就没有社会主义改革开放和现代化建设举世瞩目的伟大成就。解放思想与实事求是辩证统一。只有解放思想,才能达到实事求是;只有实事求是,才能真正解放思想。

首先,解放思想是实事求是的前提和基础。解放思想,就是要一切从实际出发,以改革的精神研究解决现实生活提出的重大理论和实践问题,使我们的理论、路线、方针和政策以及思想观念同社会主义初级阶段、同社会主义市场经济、同社会主义现代化建设相适应。邓小平一贯强调:要把解放思想和实事求是统一起来。他指出:我们搞社会主义现代化,不开动脑筋,不解放思想不行。"解放思想,开动脑筋,实事求是,团结一致向前看,首先是解放思想。""我们讲解放思想,是指在马克思主义指导下打破习惯势力和主观偏见的束缚,研究新情况,解决新问题。""解放思想,就是使思想和实际相符合,使主观和客观相符合,就是实事求是。"如果思想不解放,就会僵化。思想一僵化,条条框框就多起来了,就会教条地理解和执行党的路线、方针、政策;思想一僵化,随风倒的现象就多起来了,不讲党性,不讲原则,就不会尊重实际,按照客观规律办事;思想一僵化,不从实际出发的本本主义也就严重起来,一切照抄照搬照转书本、文件和领导人的讲话,工作就缺乏主动性和创造性。

其次,只有实事求是,才能真正的解放思想。解放思想的原则、内容和目的,就是实事求是。实事求是,就是要坚持马克思主义历史的、实践的、发展的观点,从社会主义现代化建设的全部"实事"中,从这些"实事"固有的相互联系中,从"实事"内部不断的发展变化中,去探求和把握事物发展变化的内在规律。任何孤立的、静止的、片面的观点和方法，只能得到似是而非的东西，不可能正确认识和掌握事物发展变化的客观规律，更不可能制定出正确的路线方针政策。

总之，解放思想、实事求是是互为前提、辩证统一、不可分割的。坚持解放思想、实事求是，就必须坚持主观与客观相统一，理论与实践相统一，继承与发展相统一。只有真正掌握了马克思主义的这个精髓，一切从实际出发，理论联系实际，大胆进行创新，马克思主义才能在不断发展变化的实践中得到丰富和发展，才能为我国社会主义现代化建设的顺利进行提供强大的理论武器。

(2) 学习和吸收人类文明的一切优秀成果

"地势坤，君子以厚德载物。""坤厚载物，德合无疆。含弘光大，品物咸亨。"如《周易》所言，中华文化既有像大地一样包容万物、兼收并蓄的博大胸襟，又有"中国失礼，求之四夷"的坦然开放，可以说，德性深厚的自信与取人之长的谦逊，是中华文化悠久而繁荣的双翼。在几千年的历史进程中，中华民族总是以博大开放的胸襟，平和而大度地吸纳外来文化，采撷异域的文明之果，同时也将中华文明传播到世界的四面八方。中国与西方国家有记载有根据的交流，最早可见于西汉与古罗马时代。综观秦汉以后两千多年的古代历史，从总体上看，我们的祖先一直没有停止过向域外求索和积极主动地开展对外的文化交流。直到明代中叶以前，中国历史上与外部世界最有代表意义的交流，有四次。一次是张骞通西域，不但在政治方面有大成功，而且在经济、文化方面也有大影响。二是玄奘去印度取经，这次交流，属于文化性质，其结果，同样收益极大。第三次，不是中国人出去，而是西方人的到来，即马可·波罗来华。马可·波罗在元朝服务多年，而且回到西方，把在中国的见闻传播出去，引起西方人的大惊异大惊讶，不相信世界上会有这么强大，这么富足，这么繁荣，这么美好的地方。中国接待具有世界影响的西方人物，应自马可·波罗算起。马可·波罗的文化功绩，永远值得中国人纪念。四是郑和下西洋，其意义为中外交往史上的一大奇观。

如果说中国文化在西方最有名气的是丝绸与陶瓷，影响最大的是四大发明，那么外来文化对中国传统文化影响最大的，则非佛教文化莫属。佛学东来，并非一人之力。玄奘去印度取经，当然是精彩绝伦的一笔，但即使没有这一笔,佛学依然会东来,而且依然会在中国文化沃土上产生巨大影响。没有佛学在中国的传播,即没有儒、道、佛三家共盛的大唐文明,没有三大石窟的艺术成就,没有古典名著《西游记》……。佛教于公元前六世纪至前五世纪发祥于印度,大约在两汉之际,由西域传入我国。佛教的进入,显示出传统的儒学、道学已经不能完全满足社会的要求,它要求有新的精神力量来支撑人们的精神。由于多方面原因,佛教在魏晋南北朝时期得到初步发展,到隋唐时代更达到了鼎盛。佛教对我们民族传统的儒学、道学都具有重要的补充作用。特别是佛教的抽象思维方式,它的逻辑风格,它的庞大的思辨体系,都是儒学所缺乏甚至所没有的。经过数百年的磨合、砥砺,儒道佛三家终于找到各自的生存空间和价值空间,而且相互渗透,成为中华传统文明不可分割的有机构成。

15世纪后,西方经过文艺复兴,近代科技开始迅速发展起来,而中国却开始渐渐陷于停滞。从此,中国人对世界对西方的影响日益减少,而西方的人文与科技信息对中国和中国文化的影响与冲击,日益强烈。明清之际,利玛窦等耶稣会传教士先后来华,他们成了沟通中西文化教育最重要的桥梁。西方近代科学技术发展的信息,正是通过他们最初传到了中国。中国的一些有识之士，从中敏感到了世界文化新潮流的涌动，同时也对中国文化开始呈现落后，表示忧虑。他们不仅热烈欢迎西学西法，而且身体力行，希望能融合中西，推动中国科学的新发展。在这些先进人物中，以徐光启为最著名和最重要。从中外文化交流的角度看，徐光启的学术活动杰出之处，就在于他既立足于我国传统学术的基础，又善于吸取西方科学。他主张中西会通，这使他的科学研究具有了近代科学的倾向。例如，他认为，欧儿里德的《几何原本》，揭示了科学的方法，是极其有用的，人人都应当学习。如果现在不学，等到 100 年后，被迫再去学，那就太晚了。他担心中国会出现"习之晚也"的被动局面，是一种很有预见性的警告。所以，徐光启主张应当积极引进西学西法，开展天文气象、测量水利、军器制造、机械力学、建筑、钟表、医学等多方面的科学研究的任务。但可惜，这时已经是明朝末年，紧接着是朝代更迭的大动乱和清朝统治。封建制度毕竟已是气息奄奄，朝不保夕，它已没有足够的生命活力，去开创中外文化融合的新局面，相反，却选择了闭关的政策，徐光启等人已经开始的工作被打断了。中国终于错过了追赶西方的大好时机，陷入了徐光启不幸言中的"习之晚也"的被动局面。

近代史上,随着列强的洋枪洋炮强暴地轰开中国的海关与城门,西方文明也不可阻挡地伴随着野蛮涌进中国,震醒了闭关锁国的封建王朝千年大梦。无数仁人志士震惊于"五千年第一大变局",开始睁开眼睛看世界,潜心于"师夷长技以制夷"之策,热心地向西方寻找救国救民的真理。诚如毛泽东在《论人民民主专政》一文中所指出的:"自从1840年鸦片战争失败那时起,先进的中国人,经过千辛万苦,向西方国家寻找真理。洪秀全、康有为、严复和孙中山,代表了在中国共产党出世以前向西方寻找真理的一派人物。那时,求进步的中国人,只要是西方的新道理,什么书也看。向日本、英国、美国、法国、德国派遣留学生之多,达到了惊人的程度。国内废科举,兴学校,好像雨后春笋,努力学习西方。"

1921年7月,中国共产党宣告成立。在中国共产党的领导下,中国的面貌焕然一新,80多年来,我们党高举中国先进文化的前进旗帜,积极继承和发扬中华民族的优秀文化传统,党和人民从五四运动以来形成的革命文化传统,人类社会创造的一切先进文明成果,努力建设反映革命、建设和改革要求的新文化,在全党和全国人民中形成了凝聚人心、统一意志的正确指导思想和共同理想。特别是党的十一届三中全会以来,我们党总结历史经验、深刻地认识到,"社会主义作为一种崭新的社会制度,只有在继承和利用资本主义社会已经创造出来的全部社会生产力和全部优秀文化成果的基础上,并结合新的实际进行新创造,才能顺利建设成功。"从而擎起改革开放的大旗,大胆吸收外资,引进国外先进的科学技术、管理经验和优秀文明成果,为伟大民族精神增添了新的内容。

(3)与时俱进,开拓创新

创新是一个民族进步的灵魂,是一个国家兴旺发展的不竭动力。伟大的民族精神,就是各族人民在建设伟大的祖国和美好家园、抵御外来侵略和克服艰难险阻的奋斗中,与时俱进,开拓创新,不断丰富和发展起来的。

同一切人类文明一样,民族精神是社会实践的产物。它随着社会实践的发展而丰富,随着思想道德的积累而升华。与时俱进,开拓创新是民族精神与生俱来的固有品质。儒家的重要经典《周易》上说:"周虽旧邦,其命维新"。孔子望着滔滔东去的大江,也发出"逝者如斯夫"的感叹,这些都表达了进取的意识。但讲得更恳切的是孟子。他总结了战国时期各国治乱兴灭的历史经验,提出"生于忧患,死于安乐"的著名结论。在他看来,只有不断追求进取自强,国家的生命才能得到延续;相反,贪图安逸,固步自封,必然自取灭亡。他把变革进取的开拓意识、忧患意识注入了忧国忧民的情怀,把理性和情感结合起来了。所以,屈原表示,"路漫漫兮修远兮,吾将上下而求索";法家也主张:"世异而事异","事异而备变"。司马迁也强调,要能"通古今之变"。"求索","通变",即与时俱进,开拓创新,不断探索富国强民的道路,这是弘扬民族精神的最高境界。在秦汉以后漫长的封建社会里,从司马迁到柳宗元,从黄宗羲到徐光启,与时俱进的创新意识犹如山岭之绵亘不绝,"天下兴亡,匹夫有责"这一振聋发聩的呼喊,不只是口号,更是一次次变革图强的实践。正是凭借着这种与时俱进的"通变"精神,这种开拓创新的"求索"精神,历史上,中华民族曾经创造了世界最先进的生产力和最辉煌的科技成就,并将这种领先地位一直保持到十六、十七世纪。尤其是清朝自康熙至乾隆年间即从 1661 至 1796 年的 130 多年,形成了中华民族历史上又一个辉煌盛世,史称"康乾盛世"。这一时期,中国社会的各个方面在原有的体系框架下达到极致。乾隆末年,中国经济总量占世界第一位,人口占世界 1/3,对外贸易长期出超,以致英国迟迟不能扭转对华贸易的逆差。

　　但是,中华文明在近代衰落了,衰落的原因是多方面的,美国著名历史学家费正清说:"导致中国衰落的一个原因恰恰就是中国文明在近代以前已经取得的成就本身。"这种成就之大,竟使得古代中国社会在领先前进的道路上背上了一个沉重的包袱。西方文明没有取得中国那么大的成就,但正因为如此,它就没有中国那么大的顾虑和负担,这恰恰使其获得了一种新的补充和新的动力,造成了它在近代的发展。而中华民族前进的步伐明显放慢,逐渐落后于西方较发达的资本主义国家。正如江泽民同志提到"康乾盛世"时感言:"也正是在这一时期,西方发生了工业革命,科学技术和生产力加速发展。但是,当时的清朝统治者却不看这个世界的大变化,夜郎自大,闭关自守,拒绝学习先进的科学技术。最后,在短短一百多年的时间里,就大大落后于西方国家,直至在西方列强的坚船利炮面前不堪一击。这个历史的教训刻骨铭心啊!"我们的老祖宗马克思对此也在惊叹之中唏嘘不已:"一个人口几乎人类三分之一的大帝国,不顾时势,安于现状,人为地隔绝于世并因此竭力以天朝尽善尽美的幻想自欺。这样一个帝国注定最后要在一场殊死的决斗中被打垮：在这场决斗中，陈腐世界的代表是激于道义，而最现代的社会的代表却是为了获得贱买贵卖的特权——这真是任何诗人想也不敢想的一种奇异的对联式悲歌。"固步自封、不思进取、与民族精神实质相悖离的封建王朝，将堂堂中华拖入了分裂破碎的飘摇之境，巍巍神州被推上了生死存亡的峭壁悬崖。光辉灿烂的中华文明，演变成近代中国一幅"血迹斑斑的图画"。这一充满血泪与屈辱的惨痛的历史教训，刻骨铭心地警示着中国人，"落后就要挨打"，这是一条国际关系的法则。任何一种优秀传统文化，如果不能突破传统观念的束缚，不能紧跟社会历史前进的步伐，就无法战胜落后文化，就逃不脱衰退的命运。如果一味地固守传统文化，忽视对传统文化的发展与创新，就只能使优秀传统文化因凝固而失去其存在的合理性。只有伴随时代前进的步伐，不断进行创新，伟大的民族精神，才能在扬弃中延续，在发展中永葆青春，成为推动社会进步的强大动力。

如果说在漫长的封建社会中，专制王权和思想禁锢压抑了中国人民的创新精神，使民族精神得不到正常发展，整个社会由此陷入病态状况，因而落到落后挨打的地步,那么,在中国共产党领导之下的追求民族解放和国家富强的宏伟事业,则为我们民族精神的弘扬和培育提供了前所未有的大好时机。我们党领导人民在革命、建设和改革的各个历史阶段,在创造了辉煌业绩的同时,也迸发出了惊天地、泣鬼神的精神力量,形成了各具特点的精神财富,这也是丰富民族精神的重要源泉。在"工农武装割据"、创建革命根据地的反"围剿"时期,井冈山精神撑起了不倒的红旗;在跨越万水千山、寻找新的革命落脚点的长征时期,长征精神造就了红军的一往无前;在驱逐日寇出家园的民族抗战时期,延安精神使解放区军民丰衣足食;在迎接胜利、进京赶考的新中国诞生前夕,西柏坡精神提醒全党要坚持"两个务必";在百业俱兴、抚平疮痍的经济恢复时期,孟泰精神缩短了共和国初创的时间表;在抗美援朝、保家卫国的志愿做战中,抗美援朝精神使美军第一次品尝了什么是"错误的战争";在建设社会主义的和平年代,雷锋精神树起了无私奉献的社会主义道德丰碑;在改革开放的历史新时期,64字创业精神诠释着中国飞速发展的奇迹;在抗击"非典"的伟大斗争中,万众一心、众志成城铸造着民族精神的新辉煌。我们说,中国共产党是民族精神的最优秀的继承者和弘扬者,正是在于中国共产党对于民族精神的继承和弘扬紧紧地把握了与时俱进这一马克思主义的理论品质,体现时代性,把握规律性,富于创造性,使得中华民族的民族精神既具有历史的继承性又具有内容的创造性,融民族性与时代性、连续性与阶段性于一体,犹如奔腾不息的长江黄河,既汇纳百川又激浊扬清,滚滚向前,充满着无限的生机与活力。

从这一思路来观察,我们不难发现,建设中国特色社会主义的伟大事业,对于强化民族精神固有的与时俱进、开拓创新的品质,起到了积极的作用。我们不难体会到,正是这项伟大的民族振兴的现代化建设事业,使古老的民族精神又重新闪耀出新的光辉。中国特色社会主义事业之所以是伟大的事业,不仅因为它是关系到占全人类五分之一强的众多人口的命运和未来的大事,而且还要打破常规,走出新的发展道路,以尽快追赶与世界先进水平的巨大差距。既然没有先例可循,就需要中国人民发扬自己民族精神中固有的革新进取、奋发有为的自强精神,用大智大勇闯出自己的一条新的发展之路。以真理标准的大讨论作为起点和标志,中国人民的思想从教条主义的框框中解放出来,迸发出极大的精神活力,在现代化建设实践中创造了数不胜数的新生事物。自农村的土地承包责任制起,层出不穷的创新调动了农民的生产积极性,农业生产、农民生活水平及其基本素质有了显著提高。由此,改革之风由农村吹向城市和工业,整个中国沸腾起来,整个中国的政治生活经济生活和精神生活在历史上从来没有如此充满激荡的热情,积极进取的自强精神在神州大地涌动。不仅中国经济建设本身得到巨大的推动力,得以高速发展,而且整个民族和人民的精神面貌也发生了极大的变化,近代中国在外人眼中那种因循守旧、萎靡不振的病态心理一扫而去,焕发出蓬勃朝气。对内改革,大胆革除不合理的现行种种体制,大胆探索加快建设步伐的新思路、新办法,大胆创建种种适应实际情况的新模式、新制度,成为国家社会生活中的风气时尚;对外开放,积极学习和吸收人类文明的一切优秀成果,落后时代中拒洋、畏洋、崇洋乃至媚洋的变态心理被抛到了太平洋,有自信而不狭隘,有气度而不自卑,有主见而不偏激,有魄力而不盲目,成为中国人展现给世人的崭新形象。

　　实现中华民族的伟大复兴,是亿万炎黄子孙的共同追求。中国共产党从成立那一天起,就肩负起了实现中华民族伟大复兴的庄严使命。在新民主主义革命时期,我们党团结和带领全国各族人民完成民族独立和人民解放的历史任务,为实现中华民族伟大复兴创造了前提。新中国成立后,我们党创造性地完成由新民主主义到社会主义的过渡,实现中国历史上最伟大最深刻的社会变革,开始了在社会主义道路上实现中华民族伟大复兴的历史征程。十一届三中全会以来,我们党找到建设中国特色社会主义的正确道路,赋予民族复兴新的强大生机。

党的十六大站在时代和历史的高度,向全党和全国人民发出了全面建设小康社会,开创中国特色社会主义新局面的号召。全面建设小康社会,开创中国特色社会主义事业新局面,就是要在中国共产党的坚强领导下,发展社会主义市场经济、社会主义民主政治和社会主义先进文化,不断促进社会主义物质文明、政治文明和精神文明的协调发展,推进中华民族的伟大复兴。有中国共产党的坚强领导,有伟大民族精神的支撑,有全国各族人民的共同努力,中华民族伟大复兴必将展现出灿烂的前景。

后　记

　　民族精神是一个民族赖以生存和发展的精神支撑。在五千多年的发展中,中华民族形成了以爱国主义为核心的团结统一、爱好和平、勤劳勇敢、自强不息的伟大民族精神。为深入学习贯彻"三个代表"重要思想和党的十六大精神,大力弘扬和培育民族精神,我们约请中央有关部门的同志和有关方面的专家、学者,编写了《弘扬和培育伟大的民族精神》,作为基层广泛开展"弘扬和培育民族精神,全面建设小康社会"主题教育活动的辅助性材料。

　　在本书的编写过程中,杨新力、郑德兴、镡德山给予了积极支持,提出修改意见。董俊山、陈瑞峰、齐绍军、张文和统稿,牛建国、李艳、李静、魏芙蓉、李勇等参加编写。

图书在版编目(CIP)数据

弘扬和培育伟大的民族精神/本书编写组编写. – 北京:中央文献
出版社, 2003.5

ISBN 7 – 5073 – 1382 – 4

Ⅰ.弘... Ⅱ.本... Ⅲ.中华民族 – 民族精神 – 研究

Ⅳ.C955.2

中国版本图书馆 CIP 数据核字(2003)第 035830 号

弘扬和培育伟大的民族精神

编　　著/本书编写组

责任编辑/张文和

封面设计/李呈修

版式设计/享　耳

出版发行/中央文献出版社

地　　址/北京西四北大街前毛家湾1号

邮　　编/100017

销售热线/63097018

经　　销/新华书店

排　　版/北京森科文化公司

印　　刷/九洲财鑫印刷有限公司

装　　订

850×1168mm　　　　32开　　8.25印张　150千字

2003 年 5 月第 1 版　　　2003 年 5 月第 1 次印刷

印　数　1 – 10000 册

ISBN 7 – 5073 – 1382 – 4/Z·12　定价:15.00 元